ÍNDICE

Para colorir...

CAPÍTULO I: A DETENÇÃO NA AULA DE ARTES.

Dwight Wolfman

Há muito tempo meu avô me contava a mesma estória varias vezes até que eu pudesse reproduzir pra quem perguntasse. Ele dizia que no inicio não existiam os chamados "Lobisomens", apenas os lobos. Éramos lobos gigantes tendo uma vida comum como qualquer animal. Contudo não progredíamos em nada por que éramos totalmente selvagens, só conhecíamos a lei do mais forte, e brigávamos entre si o tempo inteiro causando a própria ruina. Até que um dia, antes de alcançarmos a extinção completa, um lobo curioso descobriu a existência dos humanos. Era inevitável que o resto da alcateia se tornasse igualmente curiosa já que gostava bastante de desbravar territórios inexplorados.

O nosso encontro com a outra raça foi... Bom... Há relatos de que lobos são capazes de devorar humanos quando estavam famintos. Contudo os humanos não eram burros, e mesmo aparentemente fracos, eram inteligentes o bastante para acabar com a ameaça dos lobos. Quase fomos extintos novamente por causa disso, mas alguns humanos podiam manipular a magia, e esses feiticeiros conseguiram nos fazer virar humanos. Isso foi muito útil pra conseguirmos uma trégua com os humanos e outras criaturas mágicas...

De qualquer forma, agora que nós, lobos, podemos nos transformar em humanos, podemos fazer o que fazem (se não fossemos tão tradicionais!). Atualmente a maioria dos lobos não interage com outras raças, mas como eu sou um alfa, eu tive que fazê-lo, e aprender o máximo que pudesse indo todos os dias a um prédio grande na cidade onde poderia conviver com outros humanos, era o que chamavam "ir pra escola".

Em meu primeiro ano na escola eu aprendi a ler, escrever e até a cantar, mas cantava muito mal. Contudo nada era suficiente, e eu sofria com as provas. Para relaxar dessa tensão desenvolvi certo vicio por cigarro. Toda manhã, antes das aulas, fumava do lado de fora enquanto via os alunos entrarem no colégio. E percebo que tentavam evitar passar perto de mim. Era sempre assim.

Além de sofrer com as notas baixas e me recusando a desistir, meus dias aqui estavam bem complicados, por que os humanos fugiam de mim... Acho que tinham medo de mim. Eu estava tentando evitar intimida-los demais com minha cara amarrada de lobo mal humorado.

- Com licença... - Ouço falarem comigo e então encaro a pessoa.

O rapaz que me deparei era tão pálido que poderia confundi-lo com um morto-vivo. Contudo ele não era um zumbi, mas também estava longe de ser humano também.

Eu não era a única criatura que frequentava o "mundo dos

humanos". Raramente encontrava outras, mas era a primeira vez na presença de um **vampiro**. Pelo que sabia, evitavam o sol e por isso não se relacionavam muito com os humanos. Entretanto aquele rapaz usava chapéu, um guarda-sol e óculos escuros, para se proteger. O sol estava ameno por ser cedo de manhã, então tudo contribuía para sua sobrevivência de dia.

Eu não tinha nenhuma intenção de começar qualquer intriga com ele, por que eu era um alfa que buscava a paz e harmonia entre as raças. Então eu levantei de onde estava (calçada de entrada dos portões da escola). Dei um último trago no meu cigarro e então o apaguei no muro e depois o joguei no lixo. - Fala... O que você quer? - Pergunto com um tom meio bruto por conta de o meu sangue ser quente demais e isso me deixar como um pavio-curto prestes a explodir com alguém.

. - Ah... Érr... Você sabe onde fica essa sala? – Dito isso ele ergueu o papel que continha a numeração de sua classe esperando que eu soubesse.

Ao me aproximar dele reparo em nossas diferenças de altura. Eu media quase dois metros, mas me considerava baixo, por que meu lobo interior alcançava aproximadamente cinco, ao passo que o vampiro tinha seus 1,70 metros. O menor demonstrou estar intimidado com minha altura mordendo de leve seu lábio rosado enquanto arrastava as unhas nervosamente no cabo do guarda sol.

Achei que precisasse me desculpar de alguma maneira por ser tão assustador para ele, no entanto olho para o papel e fico entretido pensando onde deveria ser sua sala. – Sei onde fica...

- É mesmo?... A proposito, eu me chamo Yohan de Lioncourt... E você? – Questiona-me de repente, talvez para minimizar o clima de terror que eu implantei sem querer.

- Eu me chamo Dwight! - Falo isso e então puxo sua blusa pela gola pra poder leva-lo à sua sala. - É por aqui!

- É um praz... A-ah... E-ei... Espera...

Se eu estivesse na minha forma de lobo, seria mais fácil carrega-lo pra onde eu quisesse.

- Aqui tá a sala! - O soltei quando chegamos aonde ele queria e então o empurrei pra se aproximar da porta. Acabei usando força demais o fazendo cair de joelhos em sua classe.

- A-ai... – Gemeu parecendo ter se machucado na queda, mas ele rapidamente se recuperou. - Obrigado por me trazer do seu jeito... Mas eu poderia ter caminhado. – Disse e então rosnou baixinho e de desagrado, exibindo as pontas de suas presas de vampiro.

- Dá pra entrar logo? Também quero entrar e você está na frente da porta! - Pedi tentando ser o menos grosso que conseguia.

Hoje meu sangue está mais quente que o normal, acho que o vampiro despertou isso em mim... Mas por que será? Ele nem parece tentar me intimidar.

Ele imediatamente abaixou o olhar. – Nossa, você é um amor de pessoa. – Murmurou ironicamente.

- Quer que te leve pra sua cadeira também? - Pergunto já segurando a gola de sua blusa.

- P-para! E-eu sei andar, idiota... – Yohan retrucou ao empurrar minha mão com força.

Eu fico pasmo quando ele simplesmente recusa a minha ajuda... Minha mãe sempre me puxava pela nuca quando eu era filhote pra me guiar pros lugares, por que eu era bem frágil pra fazer isso sozinho. Como ele era baixo e magro, o considerei frágil demais e acho que o tratei da mesma forma que minha mãe...

Talvez ele não goste de ser carregado.

Acompanho com os olhos para onde o vampiro seguiria. Ele fechou o guarda-sol e o colocou debaixo do braço e depois tomou o caminho mais afastado de todos na sala sentando em um lugar nos fundos. Yohan deixou a mochila em um canto e retirou o chapéu colocando sobre seu colo. Neste momento deparo-me com seu cabelo loiro platinado bastante bonito.

Entrei na sala logo depois dele e sentei do seu lado por que ele era o único que falou comigo desde que entrei aqui.

Acho que posso ser amigo dele. Nós começamos muito bem.

Fico de cara fechada ao lado dele. Eu não tinha nenhuma ideia do que conversar e ficava irritado por eu estar me sentindo assim.

Yohan olhou de relance para mim quando sentei ao seu lado. - Está irritado por que eu sou vampiro, não é? – Sussurrou para mim enquanto retirava seus óculos escuros.

Eu neguei imediatamente e então olho para ele encarando suas pupilas vermelho-sangue e seu rosto branquinho como as paredes da escola. Coro levemente ao perceber que ele era uma gracinha. - Eu não estou assim por sua causa... É que eu sempre estou assim! Eu não consigo... Ser diferente! - Disse soando levemente indignado.

Yohan apoiando a cabeça em uma das mãos. - Você é um pouco bruto de mais sabia? – Revidou enquanto abria um pouco a cortina da janela para olhar lá fora, mas o sol estava mais forte do que ele esperava. Então a fechou de volta e colocou o chapéu sobre a cabeça se encolhendo na cadeira enquanto soltava um grunhido de angustia, como se o sol fosse totalmente o culpado. - droga...

Eu queria poder ajudar, mas eu não poderia controlar o tempo, e sinceramente, gostava do dia ensolarado como estava. - Por que veio de dia se o sol te machuca tanto?! Está sendo burro! - Falo sendo bem sincero.

Yohan puxou o chapéu para baixo de maneira envergonhada. – Eu fui obrigado... Eu queria ter vindo só de noite... Assim não teria todo esse problema com o sol... Mas... Não posso contrariar meus pais. - Murmurou vendo um filete de luz do sol atravessar a cortina e atingir a mesa, mesmo que ele não pudesse encostar ou ficar no sol, ele parecia admirar aquela luz.

Senti pena por ele ter este problema com o sol e ser obrigado a estar ali. Então aproveitei que a aula ainda não tinha começado e sequer o professor chegado à sala ainda, e tomei alguma iniciativa. - Não tem como continuar aqui com você reclamando desse jeito! – Dito isso eu levantei.

- M-mas eu não estou reclamando... E...

O puxei pela gola de sua blusa pra vir comigo e o tirei da sala. Yohan tentou se soltar, mas em algum momento ele aceitou minha ajuda e apenas suspirou derrotado e deixou que o levasse.

O primeiro lugar escuro que encontro era a sala do clube de artes. Abri a porta e entrei com ele. Por sorte o professor responsável por aquele lugar, o senhor Dimitri, não estava.

- Agora vai parar de reclamar tanto! - Olho para ele reparando que estávamos próximos demais, então o soltei, porém Yohan não se afastou.

Ele estava farejando algo em mim e seus olhos param em meu pescoço. Noto quando ele comprimiu os lábios, engoliu a seco e seus olhos atingem um vermelho forte e incandescente. *Ficaram bastante bonitos!* Eu coro de leve e então reflito que ele poderia estar querendo... **me morder**.

Os vampiros fazem isso não é? Eles não podem evitar... São... Famintos por sangue.

De repente Yohan me dá as costas, corre para longe e se agacha no chão abraçando os seus joelhos.

– Eu fiz alguma coisa errada de novo, não fiz? – Reclamei ao perder sua atenção. Contudo Yohan não me respondeu, eu tive que ir até ele puxar sua mão. - Para de me ignorar! – O fiz levantar.

Sua respiração estava alterada e ele tentou mexer a mão para me fazer soltar e poder se afastar de mim. – O-o cheiro... D-do seu sangue.... É uma delícia... – Disse me fazem crer que de fato ele queria me morder.

Eu franzi o cenho. - Entendi... Você se interessou pelo meu sangue...

Yohan assentiu e ergueu a cabeça e a encostou em meu peito, teve que ficar na ponta dos pés para isso. Parecia desejar alcançar meu pescoço, ele passava o nariz em meu ombro, sentindo meu cheiro.

Neste momento o afastei um pouco e começo a desabotoar minha camisa. - Então... Não tenho outra escolha. - Aponto pro meu pescoço. - Só pra saber, meu sangue é tão quente que pode queimar a tua língua! - Aviso franzindo ainda mais o cenho.

- E-eu posso mesmo? Mas se eu te morder... Eu posso

acabar não conseguindo parar... -Termino de tirar a camisa e meu cheiro de alfa ficou cada vez mais forte. Eu reparo que ele contemplou meu peito e músculos definidos. Isso o fez parar de resistir contra seu instinto. - Quando estiver em seu limite... Pare-me! – Pediu envolvendo minha cintura com as coxas e meus ombros com os braços. E pareceu que estivesse escalasse meu corpo para alcançar o pescoço. Eu apenas fiquei parado sentindo seus dentes entrarem em minha carne.

Ele passou a me morder e eu sequer acreditava no quanto ele parecia feliz com isso.

A mordida dele não machucava. Ele tinha uma boquinha pequena...

Fecho os olhos sentindo minha raiva diminuir, e eu finalmente consegui ficar mais tranquilo sem todo aquele sangue quente me fervendo.

Parece que precisava disso mais do que ele.

Acabo me perdendo no tempo, como se estivesse me divertindo. Pus a mão em sua cintura a trazendo mais contra meu corpo. E percebo que o segurava mesmo que ele não precisasse.

Passei a arfar levemente cansado e satisfeito. E então dei alguns passos até uma mesa onde sentei o vampiro. Pus a mão em sua coxa para ela me largar por que sentia minhas pernas bambas, e era capaz de cair a qualquer momento. - Já não tá bom? – Questionei sentindo dificuldade para respirar.

- Eu quero mais, eu não quero parar... – Sussurrou de volta enquanto me lambia aonde mordeu.

O afastei antes que voltasse a cravar os dentes de novo. - Você esta sendo guloso! - Ponho a mão onde ele mordeu pra estancar meu sangramento.

Depois que me afastei Yohan pareceu sair do transe abrindo seus olhos devagar. Então abaixou o olhar levando a mão até a boca para limpar o sangue que continha nela. - É a primeira vez que eu encontrei um lobo que ofereceu seu sangue a mim de livre e espontânea vontade. - Murmurou enquanto olhava para o sangue em suas mãos. Então passou a chupar os dedos enquanto olhava para o chão envergonhadamente.

- É né, e olha como você agradeceu! Quase me sugou todo! - Ao menos eu me curava rápido e as perfurações dos seus dentes já estavam cicatrizando. - Agora que provou, deve ter odiado não é? - Sentei no chão e fico olhando pro nada refletindo que estava me sentindo bem mais calmo. - Por que não deve ser bom isso! E ainda sendo de um lobo!

- Não odiei... Na verdade não queria ter parado... Era tão gostoso... - Murmurou terminando de limpar seus dedos.

Fico surpreso que ele tinha gostado disso por que nunca ouvi relatos de algo assim.

- Por que me ofereceu seu sangue? Eu achei muito gentil... Outros não teriam feito o mesmo.

- Ofereci por que... Bom... Você disse que o cheiro te atraia... E você fez aquela cara... - Olho pra ele. - Cara de quem queria muito!

Yohan corou quando ouviu minha resposta e então levantou da mesa seguindo em minha direção. - Eu estava realmente com uma cara de necessitado?

Bufo de cansaço. - Já que gostou, podemos repetir isso depois! Não foi totalmente desagradável pra mim! – Revelei fazendo-o ficar tão animado que seus olhos brilham.

Levanto do chão. - Acha que já pode andar no sol? É só uma curiosidade... O meu sangue poderia ajudar... Ele é bem forte!

- Eu não sei se consigo... Mas talvez possa fazer essa experiência... E mesmo que eu não consiga ficar no sol, eu não vou reclamar... Não se preocupe

Passo a andar de volta pra sala e o vampirinho prontamente me acompanhou.

Coloco as mãos nos bolsos enquanto caminhava. – Não

acredito que fiz isso mesmo...

Quando voltamos, o professor Lionel já tinha chegado. - O que faziam fora da sala?!

- Merda...! - Praguejei baixinho.

Franzo o cenho ficando bem irritado por ele me interrogar assim. Contudo Lionel começa a se sentir intimidado por minha cara de raiva e então voltou atrás em brigar comigo, mas quando estava passando pela porta, numa distância segura de mim, ele covardemente aproveitou a chance e falou: - Vai pra detenção depois das aulas!

Ao ouvir aquilo, rangi os dentes em desagrado e fui sentar.

- Você deve ser o aluno novo... – Lionel questionou para Yohan, aparentando não perceber que o mesmo era um vampiro. Obviamente era fácil para ele esconder os dentes de sugar sangue, e orelhas pontudas, por isso poucos suspeitavam. – Gostaria de se apresentar pra sala?

- Adoraria, senhor professor! – Disse soando como um aluno babão. – Eu me chamo Yohan, e sou um vampiro. – Declarou causando surpresa em todos. Provavelmente ele não se importava que todos soubessem, porém isso me irritava um pouco.

- Bom, não importa se é até o saci perere, chegou atrasado à minha aula, vai levar detenção! Agora vá sentar! – Lionel mandou soando tão ríspido quanto eu poderia.

Passo a anotar as coisas que já tinham na lousa para não ficar muito para trás naquela matéria. *É nisso que dá sair da sala antes de começar a aula... Devo arranjar outro horário pra dar sangue ao vampiro.*

Assim que sentou Yohan arrumou seus materiais sobre a mesa e abriu o caderno para copiar o que estava escrito no quadro também. Cabisbaixo ele disso: - desculpa por ter te trazido problemas... Por minha culpa você ficou em detenção...

Dei de ombros. - Não foi sua culpa... Eu quem quis ajudar. -

Disse num tom mais calmo que o normal para que ele não se sentisse culpado.

E então mirei para ele de soslaio percebendo que um raio de sol tocava o dorso de sua mão, mas não a queimava.

...

O sino do intervalo despertou a todos. Era o único momento em que os humanos se pareciam um pouco com animais, pulando e gritando, eufóricos com a libertação. Eu levantei da cadeira e antes que pudesse chamar o vampirinho para sair comigo, o vejo sob o domínio de algumas garotas fãs de crepúsculo. Elas não tinham tanto medo de vampiros quanto tinham de lobisomens, como eu era. E por isso eu fui sozinho seguir o caminho da cantina. Como sempre, enfiei as mãos nos bolsos. Iria comprar um hambúrguer no capricho... De repente vejo uma sereia macho (tritão) passar por mim, ele tinha cheiro de peixe deveras insuportável.

Por ser lobo, tinha um olfato aguçado pra cheiros. Isso poderia ser um inferno se tivesse algum cheiro desagradável no ar. Rapidamente tampava meu nariz.

Aos poucos alcanço a cantina, e então fiquei na fila, que já estava grande pelo pouco tempo que demorei a entrar nela.

Yohan pareceu ter se livrado das fãs e sentou logo ao longe em uma mesa afastada, sem ninguém. Ele parecia gostar bastante de sua solidão. E então o vejo tirar bolsas de sangue e colocar em sua mesa para quem quisesse ver. Ele não escondia que era vampiro, mesmo podendo fazer isso. Eu era completamente diferente, não conseguia esconder as orelhas felpudas ou a calda de lobo, mas faria se pudesse. Eu não gostava de ser diferente dos outros e motivo de medo geral. Na fila do almoço, por exemplo, ninguém ficava perto de mim, tentavam se afastar ao máximo, parecendo até que eu estava sozinho na fila.

Quando chegou minha vez de ser atendido, pedi minha

refeição: Dez hambúrgueres e dois litros de coca-cola. E então saí com minha bandeja cheia de comida.

Eu geralmente expulsava as pessoas quando sentava em qualquer mesa dali... Alias, todos tinham tanto medo que saiam da mesa e me deixavam comer sozinho, mas hoje eu decido sentar com alguém que eu tenho certeza que não teria medo ou fugiria de mim.

Fui até a mesa do vampirinho e sentei com ele. E então passei a comer sem dizer nenhuma palavra. Eu não era bom em falar, ainda mais quando não sabia o que dizer.

No entanto, por mais calado que eu estivesse, Yohan me notou ali e me observou comer esboçando um pequeno sorriso. - Oi... Essa comida está gostosa? - Perguntou deixando o saco de sangue sobre a mesa já completamente vazio enquanto me olhava inclinando a cabeça para o lado e a apoiando sob uma mão.

Eu estava cheio de carne na boca e foi difícil responder, mas mastiguei bem rápido e engoli mais rápido ainda. – Sim, *fast food* é minha comida preferida, mas na minha forma de lobo, precisaria de mais que dez destes... A magia dos feiticeiros é bastante misteriosa neste sentido! – Dito isso tento por menos hambúrguer na boca já que iríamos conversar.

- Eu gostaria de ver sua forma real... Deve ser igualmente bonita... – Falou me fazendo engasgar. – Sabe, esse sangue que tomei agora, não passa nem perto do seu... O seu é quente... E o calor deixa o sabor delicioso e viciante...

Enquanto o ouvia dizer aquelas coisas era quase impossível não esboçar uma expressão de surpresa enquanto admirava seus olhos incandescerem apenas por lembrar o meu gosto. Inevitavelmente fico feliz que o satisfazia daquela forma, apesar disso me fazer corar.

De repente o tritão e outro garoto sentam à mesa. - Então? Pegou detenção hoje de novo? - Comentou.

E então eu lembrei que vamos à mesma detenção; E por detenção, eu me referia ao clube de artes, isso por que o nosso diretor, o senhor Gydeon, o transformou em uma detenção, já que ninguém se inscrevia pro clube, e ele não queria fecha-lo. E por causa disso tinha que aturar aquele sereia macho agindo como se fossemos próximos. Inevitavelmente resmunguei com sua presença na mesa.

Eu queria ficar sozinho com o vampirinho.

- A gente ainda não se apresentou! Sou o John!

O sangue do John provavelmente era frio e isso era o contrário do meu... Refletir sobre isso me fazia perceber por que não gostava dele mesmo sem conhecer.

- Sou o Dwight! - Respondi a contragosto. Reparo que John estava muito perto do vampirinho e isso me incomoda um pouco.

- Sou o Yohan. – Respondeu soando gentil como sempre. Ele realmente não parecia se incomodar com a diferença entre nossas raças.

John: E esse é o Myo!

Miramos para o tal Myo, assim como Yohan, ele era bonito, mas tinha um ar mais intelectual e maduro. Talvez ele precisasse ser o responsável quando John não parecia ser. Para a minha surpresa, Yohan e Myo pareciam já se conhecer, mas o outro não era vampiro, sequer conseguia identificar sua raça, mas sabia que não era humana.

John: Recentemente Myo adquiriu um chiclete!... falando nele.

De repente outro personagem se aproximou da mesa. O reconheci da detenção, ele era um humano que John adorava discutir e tirar a paciência.

- Posso sentar, Myo? – O humano perguntou.

John: Já tá bem cheio aqui... – Comentou sendo completamente ignorado, pois Myo fez Yohan mudar de lugar para que o humano sentasse ao seu lado.

- Tem uma cadeira vaga aqui... Pode sentar... – Pedi chamando Yohan para meu lado. Eu inevitavelmente fiquei feliz por sentarmos mais próximos, apesar de eu não saber por que gostava tanto disso.

- Está querendo brigar é...?! – O rapaz normal interroga.

John: Só estava brincando, Izake... Fica à vontade. - Dito isso sorriu levemente, e eu descubro o nome do humano.

Neste momento Izake segurou a mão do Myo e lhe entregou um pudim numa caixinha. - Achei que fosse gostar. – Dito isso beijo sua testa.

Myo: Ah... Obrigado... Parece ser gostoso...

John: Ele não disse que queria quando a gente estava na fila!

Izake: Você perguntou?!

John: ...

Izake: Viu? E como ia saber se ele não queria?!

Myo cortou um pedaço do pudim com a colherzinha dele e então levou para a boca parecendo estar acostumado com aquela briga o tempo todo. - Vocês querem um pedaço? Está bem gostoso... - Murmurou enquanto mastigava levemente.

- Não gosto de açúcar! – Retruquei embora soubesse que não estava me oferecendo.

John: Eu quero!

Izake: Nem ouse!

John: Eu quero experimentar! - Dito isso ele recebeu um pedacinho na mesma colher que Myo pós na boca e acho que isso irritou o tal Izake.

Eu previ que a briga pioraria, então rapidamente mirei para Yohan. - Deveríamos mudar de mesa?

- Bem... Acho que sim... Vamos lá pra fora... Ou qualquer lugar mais... Calmo... – Comentou de volta para mim. Arrumando sua bolsa, ele juntou todos os pacotes de sangue para jogar na lata de lixo e depois se levantou da cadeira.

Myo: Desculpe... Por incomodar vocês dois...

- De onde eu venho, quando dois machos querem a mesma fêmea, não é culpa dela se eles brigam! - Dito isso saí com a bandeja e saquinhos vazios dos sanduíches que eu comi.

O vampirinho me acompanhou com sua mochila no ombro.

Fomos até a bancada da cozinha onde deixei a bandeja. - Eu estou num clube que tem esse tipo de confusão... Ás vezes só queria paz! – Comentei enquanto saiamos da cantina para o pátio da escola. Sentei em qualquer lugar pra poder fumar. - Fiquei de detenção hoje de novo, então terei que ir... Você também né? Daí vai ver o quanto é irritante.

Yohan jogou os saquinhos vazios de sangue no lixo e logo sentou comigo, mas ficou encolhido na sombra enquanto me observava fumar. - É tão ruim assim? Eu achei fofo... Aqueles dois brigando por aquele garoto... Ele era tão inocente... Mal percebeu o que estava acontecendo...

Percebo que ele evitava o sol mesmo agora. - Você não está se machucando estando aqui comigo? - Vou pra perto dele e deito com minha cabeça em seu colo.

- Está tudo bem... Eu queria te fazer companhia... E o sol não está vindo até aqui... Então não vou me queimar...

- Depois de comer fico com sono... - Fecho os olhos para ficar mais relaxado. Yohan fez carinho em meus fios causando verdadeiro prazer em mim.

Passou alguns minutos e o sino tocou. Eu gemi de desagrado enquanto levantava. - A detenção nos espera! - Dizia soando bem cansado.

Yohan me seguiu como uma sombra, e a esta altura me questionava se seria assim pra sempre, por que eu estava me viciando em sua companhia.

Rapidamente chegamos ao clube de artes e para a minha surpresa éramos os únicos, fora John, como se Myo e Izake tivessem cabulado.

Embora estivesse triste por ver a sala quase vazia, o professor não se deixou abalar e iniciou sua aula como se estivesse ensinando para uma sala cheia de pessoas interessadas. – Boa tarde a todos, eu me chamo Dimitri, sei que é um nome bem diferente... Mas como eu falei ao Dwight e ao John, podem me chamar de professor ou professor Dimi se quiserem... Como já sabem, dou aula de artes, sei que nenhum de vocês queriam estar aqui... E que não se interessam por artes, mas... Por que não dar uma chance? Arte é uma forma de você extravasar e se libertar na forma de um desenho... De uma pintura... Ou de uma música, artes não é só desenhar e pintar... Há várias formas de arte... Música é uma delas, quem aqui ouve música no cotidiano?

Yohan levantou a mão e disse que era fã de Kpop, seja lá o que isso significasse. Eu apenas queria dormir como lobos faziam depois das refeições.

E então o professor continuou a dar sua aula sobre musicas e desenhos famosos inspirados nisso. Ele falava sobre traços e o uso de perspectiva e iluminação... Eu fico bem entediado, mas percebo que o Yohan estava encantado por aquela aula. E então eu pensei se ele sabia desenhar e se algum dia me desenharia.

- Bom... Vocês têm alguma dúvida ou alguma pergunta? Agora é a hora... Perguntem sem vergonha!

John de repente levantou a mão para perguntar. - Quando vamos desenhar alguma coisa? Vai ser sempre assim? Aula falada o tempo todo?! Isso é chatoooo – Falou, e já fico imaginando que o professor lhe daria uma voadora como resposta. Acontece que John gostava de provocar os professores por conta do tédio.

De repente os alunos que pensei ter cabulado, foram trazidos à força pelo diretor, Gydeon. - Desculpe incomodar, professor... Peguei esses dois cabulando na biblioteca.

- Caramba, cabular na biblioteca? – Dimitri se surpreendeu.

- Não estavam lendo... Estavam... – Ele tentou dizer, mas seu rosto corou. – Não importa!

Izake: A gente só estava... Por ai... Fazendo coisas! - Disse por ser muito burro pra pensar numa desculpa melhor.

- Ah claro... Por favor, garotos, entrem... Podem sentar onde quiserem... – O professor tentou ser gentil com os dois, mesmo que eles não merecessem.

John esperou Izake sentar eminenciando uma discussão calorosa como da ultima vez.

Izake: O que você quer...?! - Sussurrou.

- Por que você estava com o Myo?! - Sussurrou de volta.

Izake: O professor implicou comigo por não saber trigonometria e o Myo me ensinou.

- E por que o diretor disse que não estavam lendo?!

Izake: Ah...

De repente o professor notou que eles dois estava conversando demais e pediu silêncio. – John, tem algum gênero musical que você goste?

- Eu gosto de ópera! - Respondeu e Izake riu disso.

- Ópera é arte pura! – O professor, o único interessado na aula, comentou.

- Que é?! Qual a graça, você é imbecil?! - Dito isso Izake levantou querendo intimida-lo.

John faz o mesmo e Myo levantou também pra impedir os dois.

- Diz agora o que estava fazendo com o Myo na biblioteca!

Myo: O Izake me beijou, só isso! Não passou de um beijo! – Disse pensando que acalmaria aqueles dois, mas apenas piorou a situação.

O professor tentava ser paciente e começar uma aula divertida para os alunos, mas novamente John não tinha o mínimo interesse. Dimi fechou os olhos contando até três, mas sua raiva estava crescendo... E a paciência indo embora... E de repente socou o quadro negro. - EU DISSE PARA PARAREM, SENTEM-SE

AGORA...! E NÃO ME OBRIGUEM A FALAR DUAS VEZES!

Depois de o professor mandar os três sentarem daquele jeito, eles resolveram aceitar sua ordem, por que o mesmo pareceu ficar bastante bravo fazendo todos temerem por suas vidas. Izake já viu que não ia dar certo brigar na sala, então optou por outro lugar. - Te pego depois da saída! - Avisou sendo bem explicito sobre o que aconteceria ao socar a própria mão como se socasse o rosto do outro.

O professor provavelmente não poderia se envolver mais se iriam lutar lá fora. - Sabe bem que sou capaz de arrebentar a tua cara, né?!

- Chega! Assim não dá pra continuar! Estão dispensados por hoje. – Dimi vociferou soando em desistência.

A aula terminou desse jeito, novamente com o professor desistindo de nós, e no caminho até a porta pude ver os dois (John e Izake) se encarando, como se fossem se atacar a qualquer momento.

Yohan veio até mim de repente. – Que confusão... É sempre assim?

- Até Myo se decidir, é sim.

- Caramba, é tão complicado...

- Acho que ele gosta dos dois, e por isso não consegue se decidir. Isso com certeza não aconteceria se ambos fossem lobos.

- Por que não?

- De acordo com nossa tradição, se dois lobos querem a mesma fêmea ou o mesmo macho, deve haver luta até a morte. O lobo que ganhar marca a amada ou amado para todos saberem que ela ou ele já tem um marido.

- Que pena... Ainda bem que não são lobos então, John e Izake parecem ser legais demais. Myo vai ter que ficar com os dois!

- Se fosse ele, e eu um dos dois, o que você faria? – Falei sem perceber e agora queria fugir e me esconder. – Ér... brincadeira! – Ri forçadamente esperando que ele ignorasse aquela pergunta boba.

- Eu escolheria você, e chutaria o outro. – Retrucou soando

como um flerte. Encarei-o espantado por sua resposta e então vi que o mesmo estava sorrindo, e acreditei que ele também estava brincando, e isso me deixou mais relaxado.

CAPÍTULO II: CONHECENDO A ALCATEIA.

Ao passar das semanas eu estava a usar a hora do início das aulas pra alimentar o vampirinho. Alimentar aquele rapaz era a melhor parte do dia, mesmo que seus dentes estivessem cravados em meu pescoço, o chupando e saboreando o seu calor. E sempre que ele me procurava, precisando de mim, fazia-me crer que não importa quantas vezes ele bebesse, nunca se cansaria disso.

Aos poucos nos tornamos mais íntimos e Yohan se acostumou a sentar em meu colo para se alimentar de mim. Ainda não sabia até onde isso iria, mas gostava de suprir sua sede. Queria ser útil pra ele precisar de mim e assim poderíamos estar sempre juntos. No entanto ele não sabia a hora de parar, e eu sempre tinha que contê-lo... Eu não queria que ele extrapola-se e causasse a minha morte.

- Já está bom? – Tentei empurra-lo de leve. E então senti seus dentes sendo retirados de meu pescoço, seguidamente ele passa sua língua para limpar.

- Você é delicioso... – Sussurrou no meu ouvido fazendo minha nuca se arrepiar.

Depois de se alimentar o vampirinho ameaçou sair do meu colo... Eu não deixei. - Ultimamente tem recebido tudo que quer...

Até agora não tenho recebido nada em troca por isso! - Dizia meio zonzo depois de tanto sangue que me chupou. - por que não pergunta o que eu quero? - Fico com a boca bem perto da dele. - Tem medo de saber a resposta? - Miro no fundo dos seus olhos acompanhando a reação dos seus lindos olhos avermelhados.

Yohan afagou meu cabelo percebendo que eu estava levemente drogado pela anemia. - o que quer de mim, senhor lobo? Dar-te-ei o que quiser...

Há algo que eu queria fazer com ele, mas de acordo com a tradição dos lobos, seria totalmente inadequado sem seu consentimento. – Só falo se disser que aceita. – Condicionei.

- Mas como irei aceitar quando sequer sei o que é?

Era difícil perguntar, mas ele finalmente se prontificou a dar o que eu queria... E eu queria passar o dia mais importante dos lobos com o Vampirinho.

- Quero fazer um ninho e... Quero que você esteja nele. - Disse sendo bastante direto, por que não conseguia ser diferente. - Você aceita?

Yohan manteve seu olhar calmo e atencioso sobre mim. - Um ninho? Isso soa tão fofo... Eu aceito... mas, senhor lobo... O que seria um ninho?

Ele queria saber mais sobre ninhos... E eu ficaria corado, se tivesse sangue para isso, ao pensar sobre ninhos. - Ninho é uma forma de te deixar confortável enquanto eu... Bom... Pela tradição... Ninhos são para acasalar! Mas eu não tenho parceira para fazer isso, mas... Já esta chegando o inverno, e eu queria ter alguém no meu ninho pra não passar esse dia sozinho... N-não precisamos fazer nada! Somos amigos, então... podemos ficar só conversando.

Yohan apoiou as mãos sobre meus ombros enquanto ouvia a explicação, e apesar do meu nervosismo ao explicar, ele entendeu que **ninhos** era uma forma de procriar. - Ah... Mas você não quer fazer nada comigo? Assim me deixa magoado, senhor lobo... – Brincou fazendo um biquinho com a boca.

- Para de brincar com isso... – Pedi sentindo-me constrangido com aquela brincadeira.

- Se você precisar... Acasalar... Eu posso te ajudar... Somos íntimos né!? Você até mesmo vem aqui escondido comigo, para me ceder seu sangue... Não vejo problemas... E... Seria uma experiência nova... - Disse enquanto colocava os seus fios para trás da orelha, e apoiava a cabeça sobre meu ombro. - Os vampiros... Não tem nenhuma tradição... Coisas como sexo... Ou prazer carnal... Não são exatamente o que eles mais prezam... Mas eu sempre quis fazer... Parece tão... Excitante...

Ele começou a dizer que poderíamos acasalar e que poderia me ajudar fisicamente e isso me intrigou. - Eu não sei o que dizer... Cresci acreditando que acasalar era apenas com minha espécie... E-eu nunca me interessei por algum lobo antes... Eu passava o inverno no ninho do meu amigo Kill. Ele também é lobo... Nós jogávamos conversa fora, mas este ano ele conheceu alguém... Eu realmente só tive vontade de fazer um ninho quando te conheci. - Dizia sentindo ele quentinho no meu colo. Sem dúvidas seria ótimo ser aquecido por ele no inverno, mas não sabia como acasalar com ele.

Yohan abriu um pequeno sorriso ao ouvir a ultima parte do que falei. - Eu também não sei como fazer isso... Na verdade não sei nem como fazer com uma mulher... Mas podemos aprender... - Disse enquanto enrolava uma mecha de seu cabelo no dedo encarando-me com aquele par de pupilas carmins.

- Eu sei quem pode nos dizer como fazer! - Disse isso tomado por minha ideia epifanica.

Pouco tempo depois, na sala do clube de artes...

Eu fiz "Psiu" pro John. Ele me olha e então eu resolvo perguntar logo. - Como foi... O seu inverno? - Perguntei corando levemente.

John: ... Que?

- O seu ninho... Quando você fez, o Myo se sentiu confortável? Trouxeram calor um ao outro?

John: Que merda você tá falando?! Eu e o Myo o que?

- Se tiveram um bom inverno!

John: Bom... Nosso inverno foi... - Ele pós a mão no queixo e ficou refletindo. - Eu fiz um achocolatado pro Myo por que ele ficou gripado.

- Mas fez um bom ninho?

John: Eu o enrolei num cobertor igual a um rolinho de sushi... E daí ficamos na frente da TV...

- Ele se sentiu confortável?

John: Bastante!

- E quando foi que acasalaram?

John: QUAL O TEU PROBLEMA?! - Dito isso o professor Dimitri nos mandou se calar.

Já estamos na detenção. O que ele fará conosco se não acatarmos?! Franzi o cenho e rosnei baixinho em desagrado.

John: Ai, Cara! Não vou te contar nada da minha vida sexual com o meu namorado!

- Eu quero fazer também, por isso queria saber!

John: QUE MERDA?!

Dimitri: FIQUE QUIETO AI ATRÁS!

John: E quem vai ser a vítima? - Sussurrou pra mim.

- Não entendi...

John: Vai fazer amor com quem?

- Com o vampirinho.

John: O QUE?!

Dimitri: EU JURO QUE EXPULSO VOCÊS DAQUI!

Assenti. John tinha reações muito exageradas toda vez que eu falava então resolvi ficar quieto pra não irritar o professor.

John: Eu e o Dwight temos que ir ao banheiro! - Disse levantando o braço.

Dimitri: Voltem logo!

E então John me puxou pra ir com ele.

Chegamos ao banheiro e ele me mostrou um site impróprio pra menores de idade. Assistimos juntos e ele me explicava algumas partes.

Voltamos pra sala pouco depois. Eu estava bastante assustado com tudo o que vi no banheiro com o John. *Não acredito que as pessoas se gravam passando o inverno... Que... Que bizarro!*

Sentei na minha cadeira, o senhor Dimitri passou um dever de casa estranho sobre desenhar um sonho que queríamos que se tornasse realidade...

Um sonho...?

Nesse momento olho pro vampirinho e... Por mais que eu tivesse outros sonhos, o maior deles neste momento, sem dúvidas, era construir um bom ninho para o vampirinho se sentir bastante confortável.

Mas antes tenho que apresentar o vampirinho aos meus pais e faze-los o aceitarem como meu dono.

- Eu nunca sonhei, o que eu poderia desenhar? – Yohan sussurrou pra mim.

- Não sei... Desenha algo que queira muito que aconteça... Sonhar é isso.

- Uh... Talvez ter o senhor lobo só pra mim? Eu realmente quero isso... – Sussurrou de volta e isso me deixou feliz.

Minutos depois a aula acabou. Eu guardei meu material

em minha mochila e me levantei. Fui até o vampirinho e o puxei pela gola de sua blusa pra sair comigo. Estava animado para que me acompanhasse, e ele, acostumado, deixou-me puxa-lo para onde quisesse.

O puxei até a saída da escola e então o soltei... Estavam passando outros humanos pela saída, eu acendi um cigarro pra me acalmar. Estava bem nervoso. - E ai? Você... Está ocupado? Tem algum compromisso pra agora? - Falo e sinto minhas mãos suarem.

Como é difícil dizer isso... Há tanta coisa envolvendo conhecer meus pais. Há uma chance de desaprovar o vampirinho por ele ser vampiro... Eu sinto que vão me fazer desistir de passar o inverno com ele!... Só tem um jeito de impedir isso...

- Não tenho nenhum compromisso... Por quê? Quer me levar pra sair? - Perguntou com um sorrisinho pequeno enquanto se balançava de um lado para o outro.

Refleti sobre o assunto. - É... Quero isso sim. - Dou um trago no cigarro e então eu o apago no muro e jogo no lixo. - Quer? Eu curto uma coisa geladinha por aqui... Chama-se sorvete e se come lambendo... Porra! Esqueci que você não come!

Os olhos de Yohan se iluminaram. - Eu quero sim... Não tem problema... Podemos ir para esse lugar... Eu vou ficar bem em só ver você comendo... Vai ser meu primeiro encontro na vida!

- Ótimo! Vamos então! – Quis agarrar sua roupa, mas ele me impediu. Yohan segurou minha mão gentilmente e então fitou meus olhos transmitindo amabilidade. – Vamos andar de mãos dadas assim, e você pode me levar pra onde quiser. – Disse fazendo meu peito esquentar.

Fico com um olhar cabisbaixo mirando de soslaio para Yohan vez ou outra. O caminho foi silencioso, mas eu estava com os pensamentos a mil.

Quando chegamos à sorveteria. Comecei a pensar com um

olhar sério sobre qual sabor escolher e aos poucos ficava em dúvida. Não era bom com escolhas, e muito pior quando o negócio era sabor, então aos poucos comecei a entrar em um pânico básico. - Morango... Chocolate... Blue ice... Cookie... Eu não sei escolher...

Minha mente entrou em caos porque não gostava muito de chocolate, mas gostava bastante do creme e... Não tinha uma opinião formada sobre morango, e pensar sobre aquilo já tinha deixado de ser divertido. E por causa da demora estava aumentando a fila atrás de mim. E as pessoas ficavam cada vez mais furiosas por ter que esperar minha decisão.

Então desistindo de pensar peguei uma bola de cada sabor e enfiei em um copo grande, por que assim era mais fácil e evitava uma dor de cabeça.

Vou andando com um olhar mais calmo até o caixa e tiro do bolso algumas notas para fazer 30 reais e boto na mesa. Logo depois puxo o vampirinho pela mão tranquilamente, assim não o perderia de vista.

Então o fiz sentar-se à mesa que eu queria e depois sentei ao seu lado. Pus o sorvete a minha frente e o observei. Minha expressão ficou em certo desanimo, por notar que tinham sabores que não gostava, mas que me faziam querer às vezes... Mas odiava ter que escolher, principalmente quando tinha várias opções.

- Sorvete... Acho que era pra isso me deixar animado, mas na verdade nunca consigo escolher apenas um sabor... Por isso sempre acabo escolhendo todos, sabe o que é engraçado? Eu nem ao menos gosto muito desses sabores. - Falei um pouco chateado com aquilo, mas começo a lamber lentamente, enquanto olhava para aquele vampirinho com um olhar um pouco triste, mas ainda serio. - Ao menos é docinho... Eu gosto de lamber...!

- Por que você não come só os sabores que gosta...? – Dito isso encontrou um copo de plástico no chão e o direcionou para mim querendo que eu dividisse com ele. - Aqui... Coloque as bolas que não gosta aqui.

- Comer só os que eu gosto...? Não sabia que era uma opção.

Neste momento dei duas tapas em sua cabeça de leve tentando fazer algum carinho nele, mas não era nenhum pouco bom nisso. – Tudo bem, não quero desperdiçar.

Yohan corou de leve e acariciou seu cabelo aonde eu toquei. - É o primeiro carinho que alguém faz em mim... – Murmurou baixinho.

- Eu não quero te preocupar. Vou comer tudo! - Falei pegando aquelas bolas de sorvete gigantes e meti todas na boca de uma vez acabando com o sorvete em segundos, logicamente demorou um pouco para engolir.

Quando terminei de engolir, lambo o copinho de um jeito nada educado... E no final tinha lambuzado toda a boca, e os dedos também... Os lambi olhando para o vampirinho... – Estava uma delicia... A-ai meu cérebro! – Grunhi baixinho ao sentir o cérebro esfriar pelo sorvete fazendo Yohan rir de mim.

De repente senti algo frio em minha cabeça e quando olhei para trás, uma garota vampira jogou o sorvete dela em minha cabeça e começou a rir. Eu fico bastante ofendido e com raiva por isso. - Você é um lobo, mas come igual a um porco! É nojento... Se você quer viver entre nós, deveria aprender a comer feito gente! - Humilhou-me.

Outras quatro garotas também vampiras, amigas da outra, todas passaram em mim jogando sorvete em meu cabelo, mas não fiz nada, apenas abaixei a cabeça um pouco, mas depois de algum tempinho elas vão embora e eu fico rangendo os dentes.

- Malditas... – Ouço Yohan murmurar.

- Acho que nem todos os vampiros são legais como você...

Apenas ignoraria aquele ato porque assim era muito mais fácil e não arrumava problemas com vampiros.

Para a minha surpresa Yohan agiu diferente, ele levantou

da cadeira batendo as mãos sobre a mesa. Parecia tão bravo quanto eu. E depois o vi caminhar para fora do local seguindo aquelas vampirar. Fui atrás dele temendo que se machucasse.

Aproveitando que elas não esperavam, Yohan pegou a lata de lixo que estava ao lado e a arrastou até as mesmas jogando todo o conteúdo sobre elas. - Como ousam estragar meu encontro? Quem disse que vocês poderiam humilhar meu amigo...? Vocês por um acaso... Não tem nenhum apresso a imortalidade de vocês? Querem que eu as mate e jogue os corpos de vocês ao sol?

Elas pareciam bastante irritadas, mas não revidaram em nenhum momento as ações de Yohan, como se o conhecesse demais para saber que tinha consequências, fazendo-me perceber que ele tinha certo poder. Talvez fosse algum nobre ou aristocrata muito respeitado.

- Agora... Vocês vão voltar... E pedir desculpas... De joelhos a ele... Por que ele é o meu lobo... Meu! E vocês não tinham o direito de dizer como ele deveria agir! – Mandou soando tão mandão quanto um ditador.

Ver ele me defender fez um sorriso aparecer em meu rosto por alguns segundos.

Voltei para mesa antes que ele percebesse que eu estava espiando-o tratar mal suas súditas. Esperei Yohan voltar, e como eu havia imaginado, ele trouxe as vampiras com ele. Era a primeira vez vendo tantos de sua espécie na minha frente.

- Eu... Queria pedir desculpas pelo que fiz. – A primeira falou e em seguida suas outras amigas em fila se desculparam, e Yohan conseguiu fazer com que pagassem outra rodada de sorvete para mim.

Depois de amedrontar aquelas pobres vampiras, Yohan as liberou para irem embora. Eu o acompanho com o olhar quando sentou ao meu lado e desta vez ele aparentava ser totalmente diferente da figura frágil que eu carregava feito um filhote para onde fosse. – Sinto muito pelo que viu...

- Vi...?

- A forma que aquelas vampiras se comportaram com você...

- Obrigado por me defender, Yohan.

- É natural que eu faça isso... Eu estava em meu primeiro encontro com você... Eu queria te ver feliz, não aborrecido com tudo isso... Não vou permitir que mais alguém o trate assim...

Ninguém me tratava bem daquele jeito, o que me deixava bastante contente. Mesmo que me conhecesse tão pouco, ele me tratava melhor que pessoas que me conheciam há anos. - Esta conseguindo me conquistar e nem parece que tá tentando fazer isso. – Disse fazendo-o rir baixinho.

- Mas eu estou tentando... Estou tentando vigorosamente! – Declarou me fazendo rir ao seu lado.

Tomei outra rodada de sorvete, e desta vez a que eu gostava, mas fiquei chateado por ser o único a estar se alimentando ali. – Não pode tomar mais nada que não seja sangue?

- Não, Dwight... Poderia me ceder um pouco do seu sangue...? Estou com sede... Vou tomar só um pouquinho... Eu juro! – Disse unindo as mãozinhas como se rogasse.

Neste momento o pus no meu colo, ele era pequeno, foi fácil. - Tudo bem tomar aqui...? – Questionei e ele assentiu prontamente aproximando a boca de meu pescoço.

Sempre que nos aproximávamos daquele jeito, eu encostava meu nariz sobre ele, e o cheirava. Fazia isso para decorar seu cheiro, e assim poder reconhecê-lo. No entanto, se ele mudasse de fragrância, poderia ser um problema pra mim. Meu sistema de reconhecimento poderia ser bastante falho por isso...

Eu não tinha certeza se já me apaixonei antes, mas quando tinha alguma memória muito forte, eu sonhava com ela. Então provavelmente sonharia com o Yohan esta noite e me lembraria dele amanhã.

- Vou me lembrar de você! Eu prometo!

- É bom lembrar mesmo... – Yohan abriu a boca e mordeu-me no pescoço. Como sempre, era gentil o suficiente pra não me fazer sentir dor alguma. E eu continuei sentindo seu cheiro enquanto tomava meu sangue.

- Posso ficar com alguma peça de roupa sua? Pra farejar e te caçar amanhã... Eu tenho medo de não te achar de novo. Você é meu né? Meu dono!

Com muita força de vontade Yohan retirou os dentes de meu pescoço e manteve os olhos fechados enquanto lambia aonde mordeu. - Sim... Eu sou seu, sou seu dono... Então não quero que me esqueça... Não quero que ninguém te pegue de mim...!

Ele aceitou virar meu dono. Interpreto isso como uma declaração de amor. Eu fico bastante feliz, tanto que queria lambê-lo. Lamber era a forma que lobos demonstravam carinho pelo outro.

E então passei minha língua de leve em frente aos seus lábios. Yohan reagiu rapidamente a isso e sinto seus lábios contra os meus, e sua língua tocando a minha, meu corpo inteiro se arrepiou.

Eu não consegui parar uma vez que começamos aquilo, e lambi sua língua por dentro da boca. Eu fecho os olhos enquanto o lambia. Estávamos nos beijando pela primeira vez. Isso era bem inusitado pra mim.

Ele estava movendo a língua... Ela estava úmido e quente... E a cada toque me deixava arrepiado e corado, era um sentimento tão diferente e único.

De repente farejo cheiro de vampiro e começo a pensar que talvez este fosse o território deles. Então decido sair antes que ficasse perigoso pra nós.

Eu parei de lambê-lo e afastei nossas bocas. - Vamos continuar em outro lugar... Aqui esta ficando muito movimentado.

Yohan parecia atordoado demais para responder. Então apenas levanto com ele no meu colo e o levo comigo. – O-o que está havendo? Pra onde vamos? – Questionou em algum momento do caminho, mas já não precisava mais responder, pois chegamos a um parque bastante arborizado, próximo à sorveteria. Era um lugar aberto, e não tinha como dominar um local público.

- Desse jeito não teremos em ficar juntos. - Volto a beija-lo. Ele retribuiu prontamente extasiado com aquela ação. Suas pernas envolvem minha cintura e então senti minhas partes esquentarem.

Antes que pudéssemos nos entregar ao desejo, e deixa-lo nos guiar, um guarda veio até nos dizer que afetos em público eram proibidos por que poderiam impressionar as crianças.

Yohan e eu ficamos corados por incomodar os outros com nosso amor. – É melhor irmos para o meu apartamento, Dwight... Não seremos interrompidos por esses humanos malditos... Vamos... Eu quero mais disso...

A ideia de conhecer onde morava deixou-me animando demais. Então eu me transformo em um lobo negro gigante assim poderia correr para o apartamento dele mais veloz que um carro, mais ágil que uma raposa e mais forte que panteras.

Inicialmente Yohan ficou tomado pela surpresa, mas depois passa a admirar minha altura e pelugem negra. – Uau... Dwight! Você é incrível! – Disse enquanto tocava minha perna.

Eu era um grande lobo negro, considerado o mais forte de minha linhagem então não era atoa que eu herdaria o posto de alfa quando meu pai se aposentasse.

Por causa de minha verdadeira forma ser intimidadora demais acabo assustando alguns casais no parque, inclusive os guardas.

Dobro as patas traseiras mostrando ao Yohan que ele poderia subir em mim se quisesse. Ele gargalhou animado com a ideia e então montou em minha cintura e se segurou em meus pelos. – Corre, amor. – Sussurrou na minha orelha.

Depois que ele subiu em mim, eu começo a correr. Yohan me dizia qual caminho seguir para chegar a sua casa.

Começo a correr sem me importar com as pessoas aterrorizadas com minha presença. Estava sentindo o vento contra meus pelos e uma brisa amena e fria atingir meu rosto. Eu e meu animal éramos apenas um, até ele me dominar aos poucos.

Naquela forma de lobo eu perdia minha racionalidade, um pouco da minha consciência e esquecia que Yohan estava em minhas costas. Qual meu destino? Sequer isto eu lembrava. Eu mudo minha direção e corro para o pico mais alto da maior montanha que encontrava para poder observar a floresta de cima.

- Dwight... O que está fazendo?!

Corri por entre as arvores até alcançar o topo mais elevado. O precipício. Eu paro e onde minhas patas tocavam poderia sentir o limite. No alto eu conseguia me sentir mais lobo. Eu poderia ouvir tudo à minha volta. O som do rio, o canto dos pássaros, rajadas de vento que tocavam meus pelos e os balançava.

E então senti as batidas fracas de alguém nas minhas costas.

Debato-me até fazê-lo descer. A criatura a cair era pequena e ainda estava com vida. Meu instinto era de devora-la. Meus olhos prateados brilham e minha boca salivava com a ideia de comer aquele ser tão pequeno e fraco... Eu penso que sequer teria dificuldades para mastigar seus ossinhos.

- Dwight... Por que fez isso...? Dwight?

Sequer o reconhece e Yohan percebeu isso. - DWIGHT...! Disse que não se esqueceria de mim... Tem que lembrar! Eu sou seu dono... Ouça-me...

Era difícil compreender o que ele dizia. Balanço a cabeça e o encaro enfurecidamente por me confundir. Eu começo a rosnar pra ele e me preparar pra pular e dar o bote, mas... De repente eu sinto o seu cheiro... Ele era bastante familiar pra mim. Certamente eu o reconhecia, mas... De onde?

Em meu íntimo aquele cheiro me trazia bons sentimentos e por isso resolvi não ataca-lo.

Sento sob minhas pernas traseiras e fico olhando pra ele. Não o reconhecia, mas seu cheiro me tranquilizava. Eu até poderia dormir por causa dele.

Yohan caminhou cautelosamente até mim e sentou um pouco distante. - Não me reconhece? Pensei que você não iria me esquecer... Você até prometeu... - Murmurou abraçando suas pernas enquanto fazia uma expressão de tristeza.

Ele estava próximo demais, mas não parecia ser uma ameaça, e eu não entendia o que ele estava falando. Eu queria poder compreendê-lo, então eu volto à forma humana para podermos conversar. - Quem é você? - Perguntei indo até ele e então eu sinto seu cheiro novamente e isso me faz questionar se perdi alguma memória de novo. - Eu me esqueci de você não foi...? Quando me transformo eu esqueço mais rápido... Por que você não fugiu? Eu poderia ter te matado... Acho que já matei antes... Mas não lembro. Pra mim pouco importa quem seja quando minha forma esta com fome! Então se eu te prometi algo, não sei se poderei cumprir.

Aquele rapaz escondeu seu rosto enquanto me ouvia falar parecendo estar bastante chateado. - Eu não fugi... – Começou, mas sua voz estava embargada como se estivesse chorando. - Por que... Eu tinha esperanças... De que você não iria me atacar... Eu pensei... Que... Você iria conseguir se lembra de mim... Você até me beijou... Deu-me seu sangue...

Eu pisco várias vezes quando ele me diz aquelas coisas como se tentasse me lembrar dele.

Beijos? Sangue?... Isso não faz sentido, a não ser que ele seja o meu dono.

Eu chego mais perto e passo a cheira-lo. Seu cheiro era muito familiar, mas eu não poderia acreditar tão facilmente. Precisava de mais provas... Eu funcionava com provas. - Se é meu dono... Se nos beijamos e se sou seu... Onde está sua marca?

Abaixo a gola de sua blusa na região de sua nuca onde deveria estar a marca. - Marcas servem para ajudar os lobos a saberem quem é seu parceiro e dono, ou acabamos lutando contra eles. As marcas também servem para os outros lobos saberem que é meu... Então se fosse mesmo verdade, você teria uma marca!

O garoto levantou seu rosto surpreso pelo que expliquei, parecendo ser sua primeira vez ouvindo aquilo. Havia lagrimas em sua face e uma expressão triste e em agonia, que me deixava desequilibrado e com dor no peito, sem saber por que. - Eu estou falando a verdade... Eu não tenho essa marca porque eu não sou um lobo... Eu sou um vampiro e não sei das tradições de vocês... A única coisa que você me disse sobre isso é que iríamos fazer um ninho juntos... E que estava começando a conquista-lo... Mas você se esqueceu de mim tão rápido... Bastou uma transformação e você não lembra nem meu nome...

Ele contava coisas específicas de minha cultura e não parecia estar inventando, estava começando a me convencer de que era verdade e pra completar ele acabou chorando desesperado para me provar que falava sério.

Depositei tapinhas leves em sua cabeça pra acalenta-lo daquele meu jeito pouco afetivo - Já entendi... Entendi... Já pode parar de chorar. Eu acredito em você. - Lambi suas lágrimas, pois tinham um gostinho muito bom. Acabo me viciando nelas. - Não tem que chorar por tudo... Mas se for chorar, tem que ser só por mim! Ouviu? - Falo sendo bem egoísta com ele.

- T-tá bem... Minhas lágrimas só caíram por você... - Murmurou enquanto sentia meu nariz se aproximando de sua pele para cheira-la. Fico cheirando ele pra tentar me lembrar.

- Vou me lembrar de você! Eu prometo! - Lambi seus lábios também, tinham o gosto do meu sangue e então eu recuperei alguns fleches de memória de mim alimentando o vampirinho. - Entendi... Era como uma troca de favores? Então vai acasalar comigo em troca do meu sangue? - Falo e isso soou como um acordo bastante frívolo.

Então ele só queria um lanchinho vivo... E pensar que ele chorou... Lobos não conseguem chorar daquele jeito, sinto inveja dele.

- Está tirando conclusões precipitadas! Não é isso... No começo eu havia me interessado pelo seu sangue... Tinha um cheiro tão gostoso... Mas daí você ficou me alimentando sem se importar se eu perderia o controle e te deixaria fraco... Eu não entendia porque você fazia isso... Mas eu ficava tão feliz... Eu me sentia tão alegre... Eu... Eu estava feliz por você querer fazer isso por mim... E daí você disse que queria algo em troca... Disse sobre seu ninho... E que não queria passar o inverno sozinho, eu de alguma forma quis ajudar, fosse acasalando com você ou só conversando... Queria te agradar também. E depois você disse aquilo... Perguntou se eu era seu dono... E se eu queria ser... Eu estava tão feliz que parecia... Que meu coração tinha voltado a bater... Bater bem rápido! Tanto que eu aceitei imediatamente... Eu queria ficar com você... Queria ser seu dono... Eu queria... Não!... Eu QUERO você pra mim... E não quero que fique com mais ninguém, e nem que me esqueça... Eu quero sua atenção... Seu sangue... E tudo que você quiser me dar... – Dizia e a cada frase ele me atingia com seus olhos carmins alagados.

Eu estava bastante surpreso com suas palavras. Sequer conseguia responder ou saber como reagir a tudo isso.

O que era isso? Uma declaração de amor...? Eu nunca recebi uma antes... Não esperava ser tão amado por alguém... Não esperava ter um dono tão amável comigo.

- Esta dizendo que gosta de mim? – Questionei para ter certeza.

- Eu gosto de você! Eu sei que é estranho... Eu sou do mesmo sexo que você, e de raça diferente... Mas... Eu... Eu...

Eu começo a ficar bastante corado.

De repente uma ventania bate contra nossos corpos. Eu fico preocupado por estarmos no alto de um precipício. Então seguro o vampirinho no colo e o levo comigo pra debaixo de uma árvore pra podermos ficar mais seguros.

Passo a cheira-lo enquanto estava em meu colo. - De verdade, quer ser meu dono? Então... Terá que me deixar te morder! Marcar-te é como dizer pra todos que é meu. Até os vampiros vão saber... Talvez os humanos não saibam, eles não entendem... Então terá que ficar perto de mim! – Questionei após encontrar um lugar para sentarmos.

- Esta bem... Morda-me se for preciso. Tudo que quiser. – Dito isso passou a abrir a camisa para que o mordesse.

- No entanto se você se arrepender e gostar de outro macho ou fêmea, ou alguém quiser você, terá que saber que terei de lutar até a morte com ele ou ela. Então marcar você é bem sério. Pode custar minha vida... Mesmo assim você aceita? - O espero responder.

O vampirinho terminou de tirar sua camisa revelando seu peito magro e pálido para mim. Seus mamilos rosados atraem minha atenção, mas tento não encarar demais. - Eu não deixarei que lute até a morte, porque eu não me apaixonarei por ninguém além de você... Eu só quero você... Então me marca... Eu quero que saibam que eu pertenço a você... – Rogou levantando as mãos até meu rosto. – Eu nunca havia dito tantas coisas assim... Tantas coisas românticas... E vergonhosas... Nunca havia desejado tanto alguém na minha imortalidade inteira... Mas eu quero você... E quero ser seu...

Ouço sua resposta e aquilo me deixa bastante emocionado. No entanto a preocupação toma meus sentimentos no momento que reflito que seu corpo era muito frágil para a marca. - Como vai sobreviver à marca desse jeito? Vai acabar morrendo se te morder... E eu também não sei se vou conseguir controlar se sinto o teu gosto... Deve ser muito bom! - Acaricio seu rosto. - Se você morrer... O que vai acontecer?!... E-eu... Não quero arriscar te perder! Não quero te esquecer pra sempre.

- Está tudo bem... Eu não vou morrer... Não sou tão frágil quanto pensa... Essa é apenas minha aparência externa... Não fique com medo... – Explicou-me enquanto secava suas lagrimas.

O lambi nos lábios sentindo-o retribuir a isso. Aparentemente ele gostava disso por que sempre fazia uma expressão de agrado. - Vou tentar não te matar...! - O mordi de levinho mesmo sabendo que não seria o bastante se não afundasse meus dentes até fazê-lo sangrar. Tinha que ter certeza que viraria uma cicatriz pra sempre.

- A-ah... – Inevitavelmente o fiz gemer. O vampiro apertou os dedos em meus ombros enquanto sentia meus dentes afundando cada vez mais em sua pele apática.

Aos pouco o mordi mais forte até afundar os dentes, pequenos gritos saíram juntamente com as lágrimas dele, e desse jeito eu senti o gosto do seu sangue e aquilo era muito apetitoso... Quis... Arrancar um pedaço de sua carne... *Como faço pra parar? Eu quero muito devora-lo agora... Eu preciso parar!*

- D-Dwight... J-já chega... Já não está bom? – Questiona dificultosamente soltando gemidos de dor enquanto subia uma de suas mãos aos seus fios e os puxava.

Eu sinto ele se desesperar, mas não dependia mais de eu parar. Meus olhos prateados brilhavam declarando que meu lobo interior estava faminto.

- Dwight, por favor, fecha os olhos... Respira fundo e abre a boca... Eu faço isso quando estou prestes a perder o controle... – Rogou para mim.

Fiz o que me aconselhou e então me lembrei de alguns rastros de memorias na escola. Nós dois estudávamos juntos, e ele era o único que conversava comigo.

Eu não quero que ele morra... Por que se fizer isso, eu vou ficar sozinho de novo.

Aos poucos o soltei e então vi em sua face o quanto ficou aliviado por isso.

Apesar da aparência, ele resistiu à mordida, mesmo que fosse bruto e quase arrancasse um pedaço seu. - Eu tenho que admitir... Você é bem forte. Já vi muita loba falecer depois da mordida. Por isso que tem tão poucas querendo passar o inverno com algum lobo. A maioria tem medo da marca e de não sobreviver a ela. – Revelei deixando-o bastante feliz em saber que sua aparência conseguiu me enganar.

- Eu te disse, seu bobo, é apenas a minha aparência que é fraca! Eu sou forte... Tanto quanto você, e posso facilmente amassar a cabeça de outras raças...

Lambo meus lábios sentindo o gosto do sangue dele. - Foi o que imaginei... Você tem um gosto muito bom...! Quase não consegui parar.

- Isso quer dizer que eu sou irresistível para você assim como é para mim... - Falou abraçando meu pescoço e então encostando nossos lábios juntos.

Ele me lambe na boca e então fico com o rosto corado... Já estava sentindo coisas demais com tantas lambidas assim então o afastei. - É melhor pararmos agora, ou não vou conseguir esperar pelo cio. - Explico estando um pouco sério demais.

- E quando vai ser isso? Eu fiquei excitado demais com a sua marca. – Reclamou, mas não poderia me desfazer da tradição.

- Os lobos constroem ninhos quando vão acasalar. Se não fizer isso serei menos lobo...

- Você é lobo suficiente pra mim... – Disse tentando me lamber na boca novamente, mas virei o rosto.

O tirei de meu colo por insistir e então levantei da grama - Se ficarmos parados não vamos chegar a lugar nenhum... Se estiver cansado, eu te carrego! - O peguei no colo. – Eu juro que vou compensar a espera no inverno... – Prometi e passei a andar.

Ele abraçou meu pescoço para não cair e deixou um sorriso brotar em seus lábios corados e macios. Seus dentinhos de vampiro ficavam mais expostos quando sorria daquele jeito. E foi assim que eu consegui fazê-lo parar de chorar.

Diferente dele, para mim era difícil ter algum humor quando poderiam surgir inimigos a qualquer momento. Eu tinha que estar sempre atento. A floresta abrigava todo tipo de animal.

De repente ouço um barulho na mata. Eu solto o vampirinho, viro lobo no mesmo instante e começo a rosnar pra coisa... E então um coelho saiu da mata. Eu corro até ele e o farejo. Ele realmente era coelho... Aqui as coisas poderiam ser o que não eram e eu tinha que ficar em alerta total.

Levo o coelho pro meu dono esperando ele me dizer se poderia comer.

O vampirinho quebrou o pescoço do roedor para mim. - Pode comê-lo... Você deve estar faminto... – Dito isso se aproximou e fez carinho em meu pelo.

Eu resolvo voltar pra forma humana ou aquele coelho pequenino não preencheria a fome do estômago de minha forma de lobo. Sento no chão, passo a comer sujando a boca e as mãos de sangue.

Pouco depois olho pro vampirinho e lhe entrego um pedaço do coelho pra ele comer visto ser muito magrinho e pequeno, precisava disso bem mais do que eu. - Aqui. Sua parte... Deve comer pra ficar saudável como um lobo!

- Minha parte? Mesmo? Obrigado... – Neste momento

pegou o pedaço do coelho e o espremeu em sua boca, sentindo o sangue quente e docinho escorrer por seus lábios. - Sangue de coelho é o melhor doce da terra...

Já estava escurecendo e eu decidi que tínhamos que partir o quanto antes.

Eu já tinha um destino em mente para nos protegermos do anoitecer e resolvo levar o menor comigo. Eu tive que virar lobo e pôr o vampirinho nas minhas costas. Passo a correr rapidamente. Minha visão era aguçada e poderia me desviar das arvores naquela velocidade em que estava. E depois de alguns minutos chego a minha casa.

Tinham vários ninhos para onde eu olhasse. Então fico tomado pela inveja, por que todos iriam prover conforto aos seus parceiros neste inverno e eu ainda nem tinha começado o meu... O vampirinho sequer demonstrava interesse em ter um ninho também...

Ele deve achar que não consigo fazer um!

Estava há muito tempo estando lobo, acabava esquecendo algumas coisas sobre ele, mas eu sabia que ele era meu parceiro por que tinha minha marca. Isso era só o que importava lembrar.

Fui até a casa dos meus pais. Meu pai, chamado Bhogos, já tinha seu ninho pronto e várias lobas estavam atraídas por ele. No entanto ele não queria mais ninguém, apenas minha mãe, Caput. Esta que estava tomada pelo orgulho em ser a única loba a entrar naquele ninho.

Eu viro humano pra poder falar com eles. Eles fazem o mesmo.

- Bem vindo, querido. - Disse Caput vindo me lamber no rosto. Lambi-a de volta. - Quem é seu amigo...? Ele parece apetitoso...

- Ele tem a minha marca! - Disse me colocando na frente dele.

Bhogos ficou tomado pela surpresa e confusão. - Mas ele é macho!

Quando escuto aquilo fico tão surpreso quanto e então olhei para meu marcado e o vi pela primeira vez... Provavelmente havia esquecido como ele era. Contudo tinha uma aparência encantadora. Fico olhando pra ele por mais algum tempo e cheirando-o. - É ele...! Eu quero acasalar com ele! – Decidi após analisar bastante seu corpo frágil quase afeminado. O rapaz corou de leve desviando o olhar, mas sorriu em agrado pelo que falei.

- Desculpem, ainda não me apresentei! Chamo-me Yohan de Lioncourt... – Disse curvando-se levemente para meus pais.

Nesse momento descubro qual era seu nome.

Yohan...? É um nome muito lindo.

Bhogos foi até mim e então rosnou. - Ele é macho! Não tem como ter ninhadas com ele!

Yohan enfrentou meu pai neste momento. - Mesmo que não consigamos procriar... Eu quero fazer um ninho com ele... Dwight também quer... Mesmo se eu for um homem... Ele quer fazer comigo... Ele quer acasalar comigo... E é ele quem decide com quem quer passar o inverno! – Disse soando tão decidido quanto eu poderia ser.

O que o meu marcado tinha falado havia me tocado bastante. Achava que era só atração física o que eu sentia por ele, mas ele tinha uma forma de falar muito encantadora e que me contagiava. Fico ainda mais seguro quanto a minha escolha.

- Não precisamos de mais lobos! Eu quero acasalar com ele! - Encaro o meu pai de frente. Contudo ele começa a rosnar, como se não aceitasse minha decisão. Eu também rosnei para mostrar que não voltaria atrás.

Ficamos de cabeça quente. Ele vira lobo e então ele levanta a pata da frente declarando que viria para cima de mim. Neste momento volto para minha forma de lobo aceitando aquela luta. Corremos um para cima do outro. Ele me morde, eu o mordi de volta e lutamos um contra o outro de maneira bastante violenta.

Contudo meu marcado não aceitava que lutássemos. - Parem agora... Dwight para... Você vai se machucar... – Dito isso ele pula nas costas do meu pai. Eu avanço no meu pai pra ele não tentar nada com meu marcado e então meu pai me dá uma patada na cara, eu caio dando cambalhota no chão. Eu me machuco um pouco com a queda, mas nada muito fatal.

Meu pai joga meu marcado pra longe. Eu corro atrás dele e o pego antes que chegasse ao chão. Damos cambalhotas juntos.

Eu viro humano de volta e então percebo que o pouco que sabia sobre o meu marcado, já tinha esquecido... A única coisa que sabia sobre ele era quanto a ser meu dono por causa da mordida em sua nuca.

- Dwight... – Meu marcado sussurrou para mim acariciando meu rosto.

Eu o lambi. - Você esta bem? Não se machucou? - Digo seriamente preocupado com seu estado e me sentindo culpado por machuca-lo assim.

- Eu estou bem... Não me machuquei... Mas e você? Você está bem?

Assenti e então olho pro meu pai. Ele voltou a ser humano e já não parecia mais tão bravo. E eu sabia por que... A única coisa que meu pai respeitava era a coragem, e meu marcado foi bastante corajoso em entrar na briga de dois alfas fortes. Então ele iria aceitar meu marcado agora.

Pai: Se quer acasalar deve fazer um ninho forte! E por ser meu filho, deve fazer o melhor ninho de todos! – Declarou por fim, sem mais nada a dizer depois. E simplesmente nos deu as costas e foi esfriar a cabeça na lagoa da reserva.

Assenti para ele antes de sair, e então minha mãe trouxe meu primeiro galho para fazer o ninho. - Obrigado...! – Disse sorrindo com seu gesto, e a sinto me lamber carinhosamente no rosto.

- Escolheu um bom companheiro. Seu marcado é muito forte - Disse e isso foi um elogio para mim.

Mirei para ele, que sequer lembrava o nome, mas que nunca questionaria por que o marquei um dia. - Agora temos um galho para o ninho, o primeiro de muitos! – Disse soando tão feliz que o contagiei fazendo-o sorrir para mim.

- Agora é só conhecermos minha família né!? – Comentou fazendo-me congelar a onde estava.

E se não gostarem de mim?... O que eu estou pensando?! É claro que não iriam aceitar isso, sou um lobo, e ele, um vampiro. Duas raças completamente opostas que se amam, escolheram ignorar as divergências e ficarem juntas. Não, eles certamente não aceitarão isso.

- Terei de lutar com eles também?

Meu marcado assentiu, mas logo depois riu de minha seriedade. – Eles podem até tentar, mas não deixarei que encostem um dedo no meu lobinho. – Disse soando manhoso e então me abraçou. – E se tentarem, mato todos! – Afirmou tornando a voz mais grave e seria na ultima frase. Confesso que me assustou um pouco, mas agradou-me o que ouvi.

Saímos da toca dos meus pais de mãos dadas. Eu tomo a frente para procurar um bom lugar pra fazer o ninho. - Que tal aquela árvore...? Árvores dão uma ótima sombra e te protegem da neve. Logo, logo, será inverno. - Disse isso me recusando a largar o galho que minha mãe me deu.

Ele olhou para onde apontava e então viu a árvore que falei, e então colocou a mão sob o queixo pensando por alguns minutos. - Eu acho que aquela árvore é uma ótima opção, vai me proteger do sol também...

Miro para ele analisando seu cabelo prata, que era tão brilhoso que sequer precisava do sol para ilumina-lo, e sua pele branquinha como as nuvens, que dava-lhe uma aparência de frágil. Eu simplesmente queria conhece-lo mais, mesmo que pudesse esquecê-lo horas depois.

- Gostou daqui? Todos nós somos uma família! Tenho tantos irmãos que não posso contar! Meu pai também tem irmãos, mas eles não podem morar conosco. A linhagem do meu pai é de alfas, e eles devem fazer suas próprias alcateias em outro lugar.

Eu gostaria de ter uma família grande assim, mas meu marcado não pode me dar uma alcateia. Eu fico triste por isso, mas não poderia ir contra a marca... Se a fiz nele, devo honra-la.

- Eu gostei daqui... Sua família mesmo em diferentes lugares é tão unida... Eu acho que tenho essa inveja dos lobos... Eles nunca largam a família, não importa o que!

Sorrio ao ouvir seus elogios quanto a nossa união.

Ainda não lembro totalmente dele, mas tudo nele me agradava. Seu cheiro principalmente... Acho que ele me ama. Eu devo ama-lo também.

- Mas, Dwight... Por acaso está arrependido de me dar essa marca? Preferia uma fêmea? Assim teria uma alcateia como os outros. - Perguntou enquanto observava o chão. - Todos os filhos de vampiro são humanos transformados... Então eu nunca dei muita importância para procriação convencional, mas isso deve ser muito importante para sua tradição de lobo. Você quer filhos?

Estava fazendo uma delimitação do ninho quando o meu marcado me faz tal pergunta... Eu não esperava por isso, por que eu não era um humano realmente. Era um lobo. E obviamente o meu lobo tinha nascido pra liderar. Eu era um alfa afinal de contas... E pra poder liderar, eu tinha que ter filhos. Tinha que ter minha própria alcateia longe deste lugar, mas... *Um lobo é apenas isso?*

- A marca que fiz em você me faz querer me redescobrir como um lobo. Ser lobo é procriar? Somos tão limitados assim? - Pego o graveto que a minha mãe me deu e então o uso como musa de inspiração para refletir. - Quando ganhei isto... Fiquei muito feliz. Um ninho representa procriação, mas... Também representa o reconhecimento dos pais. Minha mãe reconhece o meu amor por você mesmo que eu não consiga me lembrar de você... Eu não lembro mais nada de você... Sequer seu nome... Mas devo te amar por causa da marca ou eu não teria feito ela em você. - Pus o graveto no chão. - Então eu não me importo de não poder ter filhos se tenho você. - Finalizo o olhando bem sério por que eu me conhecia, sabia que não teria mordido se não amasse.

Noto que o que revelei um chocou um pouco e o vampiro me deu as costas como se estivesse pensando sobre o que fazer. Eu mirei para um ponto no chão e uni o cenho pensando que talvez ele não pudesse aceitar alguém que sequer lembra por que o ama... De repente escuto passos, miro para o mesmo. Ele se agachou ao meu lado e então me estirou a mão. - Eu me chamo Yohan de Lioncourt, prazer. – Apresentou-se para mim.

Inevitavelmente sorri de alivio por ele não ter ido embora. Segurei sua mão e senti a macies dela. – Oi, Yohan de Lioncourt. – Respondi fazendo-o sorrir.

- Então? Como eu posso ajudar a fazer o ninho? – Dito isso ele me abraça e eu parei o que fazia pra mira-lo de pertinho... Vejo que ele tinha uma beleza que me agradava. E pela aproximação que ele ficou, seus olhos estavam tão vermelhos, que entregava o quanto ele queria beber meu sangue...

Será que eu já dei meu sangue pra ele antes?

- Nenhuma loba ajuda com o ninho... O ninho é coisa de macho fazer... Mas já estamos quebrando tantas tradições não é...? - Acaricio seu rosto. - Quer saber? Eu quero fazer o ninho... E quero que assista isso. Por que é a maior prova de amor de um lobo. Eu não pararei e nem me acovardarei diante disto. Mesmo que faça sol, chova ou neve. Eu vou terminar o ninho e garantir o seu conforto no inverno! Eu te prometo isso!

Yohan ficou com os olhos iluminados quando ouviu minha resposta. E então segurou meu rosto com suas mãos pequenas e delicadas e me vez mira-lo. – Esta bem... Eu irei observa-lo, meu amor... E sentirei o quanto você me ama... E em troca pelo conforto que irá me trazer, tentarei fazer com que este seja o melhor cio que já passou...

Sua mão estava sobre meu rosto acariciando minhas bochechas, eu queria beija-lo agora... Seus toques... Eram quentes... Faziam-me sentir... Vivo.

Ele me promete que seria o melhor cio, porém eu não tive outros cios pra comparar e isso me faz rir. Rio minimamente e então dou tapinhas leves em sua cabeça tentando ser carinhoso.

- Seu carinho... É o melhor que já recebi na vida. – Murmurou para mim e então senti sua língua sobre meus lábios os lambendo, eu fiz o mesmo e depois de alguns segundos ele estava envolvendo os braços em meu pescoço. Era como se não pudesse esperar pelo inverno.

De repente sinto um graveto ser jogado em mim.

Olho na direção de quem jogou e vejo que foi Mia, e que estava acompanhada por um grupinho de doze lobas, todas marcadas.

Mia: Soube que marcou alguém... É ele? – Questiona aproximando-se de nós.

- SIM! – Respondo para Mia.

- Quem é ela? – Yohan sussurra para mim.

- Ela se chama Mia, é minha prima. - Explico pro Vampirinho.

Mia: Então ele é um de nós agora?

- Acho que sim... É sim! – Decidi um pouco hesitante, por que não tinha certeza se ele aceitaria isso.

Mia: Qual o nome dele?

- Yohan! Yohan de Lioncourt!

Mia: Vem, Yohan! Vamos fazer uma despedida de solteiro!

- Despedida...

Como deve ser isso? E se tentarem machucar o Yohan?!

Seguro a mão do Yohan pra ele não ir.

Mia: Pode ficar tranquilo! Só vamos caçar algum cervo e brincar de cabra cega! Vai ser bem bobinho...

Fico mais despreocupado e então solto o meu Yohan pra ele ir. - Se não voltar logo, vou ficar preocupado... E vou atrás de você até te encontrar - Disse já unindo o cenho em aflição.

- Eu vou voltar, não deve ser nada demais. – Retrucou beijando meus lábios uma ultima vez. E apesar de o convite ser repentino, Yohan levantou e entrou no grupo das lobas. E depois de me mandar um beijo no ar, Mia o levou para o centro da floresta.

Eu senti meu peito doer quando nos despedimos daquele jeito, como se algo ruim estivesse prestes a acontecer...

Enquanto isso, em outra parte daquela floresta, o grupo de lobas recém marcadas e o vampirinho caminhavam.

Yohan: O que vocês realmente fazem na despedida? – Questionou soando desconfiado.

As lobas passam a rir com sua pergunta.

Mia: A despedida de solteiro é uma pequena festa que as lobas fazem antes do inverno. Precisamos agradecer à deusa Hecate pela oportunidade de sermos humanos. A Alma sabe de tudo sobre isso!

Alma: Minha mãe me falou tudo sobre a lenda. De acordo com ela, Hecate era uma bruxa muito poderosa! Ela amava a natureza e também os animais que conviviam em harmonia com ela... E então Hecate, tocada pela grotesca extinção de nós, lobos, face ao medo dos humanos e de outras raças, nos presenteou com a forma humana. E desde então as batalhas entre a nossa raça e as demais pararam e pudemos conviver em paz e trégua!

- Oh... Então isso é uma despedida de solteiro...

Mia: Os garotos não sabem, mas fazemos uma festa em homenagem a ela para agradecer por isso! Afinal sem ela, não poderíamos passar o cio ou ser donas!

Alma: Vamos caçar alguma coisa primeiro! Estou faminta!

Depois da explicação, as lobas avistam animais logo ao longe. E então se transformam deixando Yohan surpreso e sem folego diante daquele truque de magica incrível. Elas passam a correr em grupo. Mia pós Yohan em suas costas pra ele poder correr na velocidade de todas.

E então Mia avista um cervo ali perto. Alma já se preparava para o Bote. Assim como Ginger e Kyurra, as lobas mais rápidas e jovens do grupo. Lobos só caçavam em bando pra se prevenir do perigo.

Aos poucos as outras lobas, que eram mais lentas, foram cercando o cervo para ele não ter como fugir. O pequenino cervo sequer percebia o perigo por estar bebendo sua água pacificamente na lagoa da reserva.

Yohan desceu de Mia e subiu nas árvores furtivamente, em velocidade anormal e sem fazer qualquer ruído. Quando conseguiu se aproximar o suficiente da gazela, ele pulou sobre o animal e o agarrou usando bastante força para imobiliza-lo. E seguidamente ele o mordeu no pescoço e bebeu o sangue que derramava dele.

As lobas em bando ficam tomadas pela surpresa ao ver o vampiro acabando com a vida do cervo pequenino sem precisar de ajuda... Aos poucos o cervo foi caindo sem forças no chão.

Alma pôde ver a alma de o bichinho ser sugada pelas presas do vampiro sanguinário e isso a fez admirar aquele vampiro e sentir certo medo também.

No final, Yohan pareceu ter sugado bastante e então se ergueu com sua boca suja de sangue... As lobas saíram do esconderijo cercando agora o vampirinho ali...

- Ah... Desculpem-me... Acho que eu me entusiasmei... Mas

vocês podem ficar com o corpo dele... E... – Neste momento Yohan travou sua fala.

Apesar de estarem admiradas, as lobas instintivamente viram um inimigo à altura naquele momento e sua natureza foi lutar para declarar a força do bando.

Mia já estava rosnando, e Alma salivava. As outras lobas queriam lutar e vencer. O número era bem maior também. As lobas tinham chances de ganhar e a ideia de lutar com um inimigo forte, era bastante tentadora.

Todas passam a cercar mais e a rosnar também tentando intimidar seu oponente.

Yohan rapidamente compreendeu a situação, pois não era a primeira vez que um lobo esquecia quem ele era. - Oh... Nossa... Vocês estão empenhadas... Olha... Eu não gosto de conflitos, mas se vocês me atacarem... Serei obrigado a lutar com vocês... Claro que o número de lobas aqui está bem alto... Mas eu posso matar... Mais da metade do grupo de vocês... E se quiserem me matar... Eu não vou poder me segurar... Poxa... Eu pensei que fosse um de vocês... Eu sou da família não é!? – Disse tentando barganhar com as caninas. Estava dando tais opções por que realmente não queria partir para a matança, pois se descobrissem a morte delas provavelmente seria um grande problema para ele. Questionava-se se o melhor seria fugir. - O que vocês querem...? Eu dei a carne pra vocês... Desculpa tomar todo o sangue... – Continuou, mas percebeu que nada que falava conseguia convencê-las. Então percebeu que elas queriam mostrar que eram mais fortes que ele.

É por isso que se voltaram contra mim? Eu me mostrei forte demais? Talvez eu devesse ter ficado na minha e continuado a fingir ser frágil e indefeso... Suspirou batendo na própria testa para se punir.

- Vocês querem brigar comigo?

Mia, a loba líder, teria atacado primeiro, sendo seguida pelas outras, mas a sorte do vampirinho foi ter mais cervos nas redondezas e Alma sair do círculo para comer.

Mia foi atrás e as outras meninas seguiram-na.

Aos pouco foi anoitecendo e as lobas deram bote em três cervos aquele dia. Boa parte fora comida e a outra elas decidiram levar para seus namorados, que estavam trabalhando noite e dia sem comer.

Yohan acabou sendo largado pelo bando ficando sozinho aquela noite. Ao menos estava uma noite bonita, e ele decidiu escalar uma árvore para admirar o céu noturno. Ele se sentou sobre um galho grosso e começou a pensar.

Acho que eu não quero voltar para lá... Eu sabia que era perigoso vir para uma alcateia de lobos... Mas Dwight queria ver os pais... E fazer o ninho lá... Falando nele...

- Espero que ele não esteja tão preocupado... – Dito isso soltou um suspiro de cansaço.

Enquanto isso eu estava suado e ofegante. Diferente dos outros lobos, eu decidi fazer tudo na minha versão humana ou eu esqueceria mais uma vez do Yohan e eu não queria fazer isso...

De repente as outras lobas voltam da tal festa, mas Yohan não estava entre elas... Eu fico enormemente preocupado e pergunto a Mia para onde ele foi...

Mia: Ele foi embora de repente... Nem disse nada!

- Foi pra onde?!

Alma: Na minha opinião, ele não deveria ter vindo. Somos muito diferentes!

Fico bravo em ouvir aquilo e então resolvi ir atrás do Yohan pela mata. Contudo já estava bastante escuro e eu percebo que tinha que virar lobo ou até eu me perderia ali.

Transformo-me em lobo e fico procurando por ele... Aos poucos esqueço o que procurava e fico no alto de um penhasco assistindo a floresta de cima.

Após um tempo observando o céu, Yohan percebe que já havia demorado demais longe, e que não queria me preocupado.

Ele ainda acha que eu sou frágil e vou quebrar a qualquer momento... Imagino que esteja em pânico.

- Força, Yohan... Não foi assim que você foi criado – Murmurou para si mesmo e então se alongou preparando-se para voltar, mas então viu a silhueta de um lobo gigante sob o alto de uma montanha. Ele sabia que era seu Dwight, e que provavelmente se esqueceu do que tinha vindo fazer aqui... Isso o fez arfar de cansaço.

Yohan correu até montanha em que estava e a escalou alcançando-me ao final. Ele era bastante veloz e fez tudo em poucos minutos.

A lua estava bem cheia e eu não conseguia parar de admira-la, sequer notei quando alguém se aproximou, mas pelo cheiro, reconheci a minha marca nele. Isso me surpreendeu um pouco.

Ele veio até mim e sem temer que fosse devora-lo, ele sentou apoiando suas costas contra as minhas. - Não ficou muito preocupado né!? Estava com um pouco de desânimo de voltar para lá... Mas vou fazer esse esforço por você... Afinal você queria tanto fazer um ninho lá... E ver sua alcateia... – Falava e eu o encarava o tempo todo. Não conseguia responder o que ele dizia, mas não estava com vontade de lidar com isso agora. Estava cansado e a lua me tranquilizava demais e aos poucos acabo dormindo com ele ali... Como se ele fosse tão confiável pra mim que conseguisse cair no sono sem me preocupar se ele me machucaria enquanto eu dormia.

O vampirinho percebeu que dormi, mas ele estava inquieto demais para fazer o mesmo. Ele queria conversar comigo e contar o que aconteceu, mas não pude lhe dar a atenção que precisava e isso o chateou. – Acho que não fomos feitos um para o outro... Acho que sua alcateia iria preferir uma loba ao seu lado... Eu sou um estranho aqui... Sou uma ameaça... Todos querem me atacar. – Disse olhando para o céu estrelado. - Na verdade... Eu sou estranho até no meu próprio clã...

De repente meu inconsciente ouviu o uivo de meu alfa. Eu acordei rapidamente e levantei do chão ignorando tudo ali pra ir ao chamado de meu pai.

Yohan percebeu que novamente não me lembrou dele. Ele queria muito ficar comigo o restante da noite, mas isso estava tão complicado que achou melhor se afastar por um tempo. - Vou tentar evitar Dwight por algum tempo... Ele nem vai se lembrar de mim mesmo... – Ao se decidir, ele usou sua ultra velocidade para voltar para casa. Deu uma ultima olhada para trás para decorar cada pedacinho da floresta que eu amava, e depois seguiu seu rumo.

Quando cheguei a nossa aldeia, percebo que estavam todos reunidos ao centro e meu pai sob uma grande e alta pedra. Ele estava discursando sobre algo que eu não entendi a princípio por ter perdido o começo do discurso, mas aos poucos fui associando cada coisa.

Boghos: (...) E é por isso que vamos começar a nos preparar! Somos poucos ainda em razão da quantidade de raças por ai! Se começassem a atacar, estaríamos indefesos! A capacidade de ser um humano ajudou bastante para impedir uma guerra, mas não significa que esquecemos o que aconteceu no passado... Meu pai foi morto por demônios como sabem... E eu não pretendo deixar isso pra lá!

- O que você quer é começar uma guerra? - Rosnei para ele.

Boghos: Precisamos!

- Não pode fazer isso! Ok que muitos morreram no passado, mas fazer isso só fará com que mais morram no presente!

Eu não quero uma guerra!

Boghos: Você é jovem... Ainda não entende o que é ser líder...

- Pai...!

Boghos: EU NÃO SOU SEU PAI AGORA! SOU UM LÍDER E EU ORDENO QUE ME SIGA!

- PESSOAS DOS DOIS LADOS MORRERAM NO PASSADO! TANTO NÓS COMO ELES! DEIXE ESTAR!

Boghos: SE NÃO TIVER DO NOSSO LADO, ESTÁ DO LADO DELES!

Rosnei entredentes.

CAPÍTULO III:
O ALUNO MAIS POPULAR DO COLÉGIO.

De acordo com os contos dos mais velhos, desde a grande guerra, os demônios se refugiaram no subsolo e criaram um mundo seguindo seus valores totalmente questionáveis. Por isso os seres infernais nunca mais invadiram a superfície e provocaram o caos novamente. E por causa disso, eu pensei que nunca teria o desprazer de conhecer um demônio na vida, mas tudo estava prestes há mudar aquele dia, quando o aluno novato se transferiu no meio do ano para a minha escola.

Era o primeiro dia de abril, quando o demônio, ou como sua mãe o batizou, Bliker Verlhanci, chegou à nossa escola. *O quão ruim um demônio deve ser para ser expulso do inferno?* Bliker detestava a parte chata de fazer cada ser humano dali se apaixonar por ele. Então ele apenas estalou os dedos abusando de seu poder magico, e facilmente virou o cara mais popular do colégio.

Bliker era um demônio do tipo *súcubos*, então tinha certo poder sexual sobre as pessoas. Principalmente os humanos. E o seu poder sexual sobre todos lhe dava a capacidade de fazer tudo o que queria e com quem quisesse. Por exemplo, ele sequer precisava usar a farda da escola. Ele andava por ai com uma roupa mais extravagante para ser notado, e assim, por onde passasse, alguém sempre falaria com ele coisas que pudessem inflar seu ego.

- Oi, gato! Você está um arraso hoje! - Um cara qualquer falou.

Bliker sorriu de maneira galanteadora para ele.

- Gato, que lindo você! - Uma garota falou.

Para ela, Bliker fez sinal de arma e a "baleou" com seu charme fazendo-a quase desmaiar.

Ele era tão popular ali, que todos sabiam seu nome. Até conseguiu formar um grupinho e falar pra eles sobre seu dia na "outra cidade"...

- Mas inferno fica aonde?

- Fica em uma cidade não muito longe do Pacífico!

Todos concordam como se entendessem, e Bliker faz cara de esperto.

Tive um dia bem cheio... Pensou enquanto mirava seu rosto perfeito no espelhinho do armário. *Eu fui entrevistado pro jornal da escola e as pessoas do clube de fotografia queriam tirar fotos de mim... E eu terei até que dar uma passada no clube de artes pra ser a musa de inspiração deles...*

Bliker estava tão entretido sendo o centro das atenções e objeto de desejo de todos os humanos, que ate esqueceu seu real motivo para vir à escola.

Enquanto isso Yohan fechou seu guarda sol assim que passou pelos portões de Midhigh, nossa escola de elite, que aceitava todo tipo de monstro não importando a rincha entre eles.

Os olhos daquele vampirinho nervosamente desbravaram todo o ambiente procurando por seu lobo. *Nenhum sinal do Dwight...* Pensou em um suspiro aliviado... *É melhor assim, se o visse acabaria querendo falar com ele.*

- Ah... Que situação difícil... – Confessa pensando em voz alta.

Enquanto caminhava pela escola, Yohan escuta alguns balbucios sobre o aluno novo que rapidamente se tornou popular. O vampirinho ignorou os comentários por estar bastante atrasado para as aulas. No caminho de sua sala ele passa em frente ao clube de artes, e como tinha que entregar um desenho ao professor, resolveu entrar. Ao passar pelas portas depara-se com o clube lotado de alunos, que desenhavam em telas de pintura. Ele estranhou bastante, pois o clube sempre esteve vazio. - Ah... Com licença professor, tenho um trabalho para entregar ao senhor...

Dimitri olhou para Yohan e pediu que ele entrasse e colocasse sobre sua mesa. O vampirinho assentiu e assim o fez. E então percebe que estavam usando um aluno de inspiração. Era a primeira vez que via um dos alunos sem o uniforme obrigatório. *Isso era permitido?* Yohan deu de ombros e se curvou para agradecer a atenção do professor e então tirou a mochila para pegar o desenho.

Imediatamente Bliker sentiu um cheiro que o fez recordar do seu real motivo para frequentar a escola. Ele levantou do altar que o colocaram e então mirou em direção à origem daquele perfume. Seus pintores grunhiram de dor por ter saído de sua posição, mas aquele ser infernal apenas ignorou tudo e todos, por que não se interessava em ter tantos quadros seus. Isso o entediaria já que tinha vários na sua casa de qualquer forma.

- YOHAN! FINALMENTE! – Gritou apontando para o mesmo. E Yohan parou antes a poucos passos da saída, e Bliker correu rapidamente até ele parando em sua frente. Ambos tinham uma diferença de altura evidente, mas Yohan não se sentiria intimidado por tão pouco.

- E então...? O que você quer comigo? – O vampirinho começou mostrando sua cara de tedio misturado a desinteresse.

- Gostaria de te conhecer pessoalmente... Devo admitir que quando meu pai mostrou a sua foto para mim, me surpreendi com sua beleza! Obviamente nem se compara com a minha, mas é tão tolerável que vim ate aqui! Eu quero dizer que te aceito como meu noivo! Nossos reinos teriam uma aliança fortalecida! E nossos pais querem isso! E então... O que me diz?

- Ah? Noivo? – Yohan parecia ter um ponto de interrogação em sua cabeça. *Do que ele esta falando? Eu nem o conheço... Quem poderia tramar uma coisa dessas tão repentinamente?* - Aquele velho maldito...! - Concluiu ao refletir que só poderia ter sido seu pai, Vladhi, quem orquestrou tudo aquilo, e isso o fez explodir em ódio.

Yohan mirou para aquele demônio, o mesmo tinha cabelos dourados e lisos em uma pele morena, bronzeada pelo sol. Provavelmente por baixo daquelas roupas extravagantes, tinha um belo corpo, definido, malhado, que trazia o pecado da luxuria de qualquer um átona, mas a única coisa que o vampirinho pensava era no quanto estava incomodado com tudo nele. *Esse cara esta me deixando irritado com tanta faladeira... E o que há com todo esse ego? Ele por acaso se acha um modelo ou algo assim?*

- Ah... Olha, cara, não sou seu noivo... Eu nem te conheço... Tão pouco planejo me casar tão cedo... E o que quer dizer com tolerável? Eu não tive um dia muito bom... Por favor, diga ao seu pai que foi um engano... Há outros nobres no meu clã, diga a ele para escolher outro, ok!? Adeus! – Dito isto rapidamente deu as costas para o moreno.

Eu preciso ter uma conversa muito séria com Vladhi... O que ele está pensando me arrumando um noivo do nada? Bufava de desagrado e irritação prestes a sair da sala em poucos passos. *Primeiro ele me obriga a vir para cá... E agora pretende me casar com um desconhecido? Ainda mais um tão egocêntrico? Eu não consigo me dar bem com súcubos... Eu prefiro me manter longe dele... Mesmo que eu consiga evitar me atrair por ele... Isso não vai durar muito tempo!*

Yohan sabia que a magia de sedução daquele súcubo era forte e temia que pudesse ceder. E por isso tentava se distanciar do mesmo enquanto ainda tinha força de vontade para isso.

Apesar de minhas desavenças com Boghos, meu pai, eu não poderia perder um dia de aula. Eu usaria aquele momento para esfriar a cabeça e refletir como convencer meu pai a reconsiderar quanto à guerra.

Aproveito que minha sala era no caminho de minha detenção diária e entrei. Eu lembrava que sempre entrava no clube de artes antes das aulas, mas não lembrava o que fazia ali. Entrei no automático, e então me sinto confuso e perdido... De repente um rapaz passa por mim, ele estava com pressa, e sequer me notou ali, mas eu senti seu cheiro... *Ele tem a minha marca!... Mas... Por quê?!*

Eu tinha muitas perguntas para fazer a ele. Então saio da sala e vou atrás do mesmo. Ao conseguir alcança-lo, o puxo pelo pulso e faço com que pare para me ouvir. - Quando isso aconteceu?! - Franzo o cenho.

Não me lembro dele... Mas se tenho um marcado, devo começar a fazer o ninho pra deixa-lo confortável no inverno!

- Qual o seu problema comigo?! Eu sou bem mais atraente que qualquer homem daqui! - Ouço alguém dizer atrás de mim.

Eu solto o meu marcado e então me viro pra olhar pra essa pessoa... E a julgar pelo cheiro de enxofre, ele era um demônio. Isso me surpreende bastante por que era minha primeira vez encarando um tão de perto. Sequer era nascido quando eles ainda andavam na superfície.

Demônios eram inimigos dos lobos antigamente, mas agora vivemos em trégua... Por enquanto, graças ao meu pai!

- Falou comigo?

- Não... Mas vejo que conhece o meu noivo. – Retrucou para mim.

Franzo ainda mais o cenho e agora minha expressão estava raivosa. - Noivo...? Quem? – Questionei acreditando ser apenas um engano de sua parte.

O demônio apontou para o meu marcado e então eu liguei os pontos e agora estava ficando bem aborrecido com essa ideia. – Retire o disse! – Ordenei entredentes.

De repente o vampirinho toma minha frente e empurra o moreno para longe de mim. - Hey, eu já falei... Não vai espalhando coisas que não são reais pela escola, eu não concordei com isso... Você não é meu noivo... Deixe-me em paz... – Dito isso Yohan me encarou no final com um olhar magoado e foi embora, como se estivesse evitando-me.

Eu não conseguia ignorar o que tinha acontecido, estava totalmente confuso naquele momento... Sentia que tinha esquecido muita coisa e isso me deixava em aflição por não lembrar.

Primeiramente descubro que tinha um marcado e que por alguma coisa que eu fiz (provavelmente), ele estava evitando falar comigo. Isso me magoava demais e me deixava curioso pra descobrir tudo de uma vez, mas sem o meu marcado pra dizer, precisaria descobrir sozinho.

Abri minha mochila e então vejo uma folha solta. Era um desenho do que sonhamos realizar, e eu desenhei um ninho...

Acho que fiz isso por causa do meu marcado...

Eu não me lembrava de ter feito isso, apenas tinha uma data de entrega no desenho e pra quem eu tinha que entregar. Fui até o clube de artes e entreguei a atividade ao senhor Dimitri.

Depois disso segui para a próxima aula. Sequer precisei entrar para ver meu marcado. Ele estava na entrada da sala. E então estranho ele estar lá também. Eu entrei logo depois dele e sentei na minha cadeira de sempre, mas ficávamos distantes um do outro.

Eu vou lembrar-me dele! Mesmo que eu pare de ser quem sou: Um lobo...

A partir daquele dia eu decidi parar de me transformar.

Mesmo que o vampirinho tentasse ignorar minha existência, eu tinha que lembrar o que fiz para poder me desculpar.

Graças à chamada da turma, descobri seu nome: Yohan de Lioncourt.

Voltando da escola, fiz todo o caminho a pé na minha forma humana pela floresta. Foi uma caminhada de trinta minutos. Geralmente levava segundos na minha forma de lobo.

Cheguei a minha aldeia antes que anoitecesse, e estava exausto, mas descubro que não poderia descansar, por que tinha um ninho para terminar.

Fui ate minha casa e encontro meus irmãos confabulando com meu pai quanto a guerra eminente. Sequer me interessei em participar ou pareceria a favor daquela loucura, no entanto percebo pelo pouco tempo que estive em casa, que meus irmãos não queria isso assim como eu. E por sermos muitos querendo a paz, meu pai começou a cogitar desistir desta loucura. Terminei de trocar minhas roupas no quarto, e antes que saísse meu pai chamou por mim. No entanto não quis lhe dar ouvidos. – Filho... Você tem que entender...

Eu saio pela floresta coletando gravetos na minha forma humana, e enquanto os lobos conseguiam pegar vários gravetos e até troncos, com minhas mãos e braços eu conseguia pegar pouca coisa...

Isso vai levar uma vida!... Merda!

Bhogos me acompanhou, e pareceu tentar me conquistar ajudando a pegar galhos. – Não tem outro jeito... Meu pai, e os pais dele, precisam ser vingados. E o único jeito disso acontecer é...

- Você aguentaria... Perder a mamãe? Ou seus filhos? Aguentaria me perder? Por que não é só gente de outras famílias que morrem, pessoas que você conhece e ama também. E quando isso vai acabar? Quem sai ganhando? Quem?! Não tem ganhadores! Por que não sobra ninguém pra aguentar o peso disso!

Meu pai riu um tanto nervoso e coçou o queixo refletindo minhas palavras. E em algum momento nisso tudo, ele veio até mim e pôs a mão sob meu ombro. E então descobrimos que temos a mesma altura. - Você já é tão grande... Cresceu tanto e eu não percebi. – Disse dando leves tapas em meu ombro e então percebo que era a primeira vez que meu pai, o líder ríspido e sério de nossa matilha, dava-me alguma demonstração de carinho e respeito. – Eu tenho... Orgulho de você. – Dito isso me puxou para um abraço apertado e amável. Eu retribuo estando um pouco surpreso de inicio. E depois de alguns segundos, ele foi embora entregando para mim os galhos que coletou até o momento.

Eu ainda estava em choque, tentando compreender o que havia acontecido. No entanto tentei me recuperar daquele momento e continuar o trabalho.

Enquanto trabalhava, Yohan estava na escola. Ele esperava anoitecer para poder voltar para sua casa, visto ser muito longe e o guarda-sol pouco eficaz para caminhadas longas. - Droga... Como eu saio daqui?

Bliker repentinamente apareceu atrás do vampirinho. Tirou sua jaqueta de couro preta e então a abriu acima da cabeça do seu querido noivo. - Cuidado com esse sol... Os humanos nunca vão saber como é estar sempre fugindo de alguma coisa não é...?

Yohan sentiu a sombra cair sobre sua cabeça, tornando aquele dia mais aconchegante para ele. Ele virou seu olhar carmim para o dono da jaqueta e então viu aquele demônio. Imediatamente abaixou a cabeça passando as mãos para dentro de seus bolsos. - Eles são sortudos por não saber disso... – Comentou em um murmúrio sombrio e triste.

- Já te disseram que os demônios fazem milagres...? Conheço alguém que te daria a capacidade de andar no sol sem se machucar, sabia...? E quase não tem nenhum efeito colateral!

O "efeito colateral" geralmente era a consequência de uma magia. Por exemplo, para os lobos a consequência de virar humano era esquecer-se do que fez e disse ao voltar a ser lobo.

- Eu sei de muitas coisas que os demônios podem fazer e eu não estou interessado em magia... Sempre tem uma consequência... E eu não gosto dessa palavra... – Yohan retrucou afastando-se do mesmo e saindo debaixo da sombra que sua jaqueta fizera.

Bliker bufou em desagrado, e por mais que o menor tentasse se afastar, ele não permitiria que fosse muito longe. Aquele demônio sabia o que fazer para atrair a atenção de qualquer um. - Quer saber? Eu já saquei uma coisa... Você e o lobinho lá... Está rolando uma parada bem tensa né? Há um feitiço pra tirar a marca do teu pescoço também sabia...?

Yohan fora pego de surpresa com aquela ideia, sequer tinha pensado nisso antes. - Tirar a marca? Eu... – Refletiu quanto à opção, mas rapidamente conteve-se de fantasiar demais. - Não quero isso... Eu só...

Bliker sorriu em agrado ao ouvir que o menor estava hesitante. - Mas um jeito bem mais fácil de tirar também seria matando o lobo que a fez. Sacou? A marca some bem rapidinho.

Yohan se assustou ao ouvir a ideia daquele demônio. Assim que o ouviu dizer o modo mais "eficaz" ele se virou para o moreno revelando seu desagrado total. - Nunca mais diga algo assim... E não se meta no que não te diz respeito... Não vou deixar ninguém machucar meu lobo! - Esbravejou enquanto cutucava seu peito.

Bliker gargalhou de rir para tentar amenizar aquela conversa. – Calma, calminha! Eu só estava brincando. E também, não fui eu quem teve a ideia. É assim que os lobos resolvem quando querem a mesma fêmea ou macho.

Yohan negou varias vezes com a cabeça em desaprovação e afastou-se novamente de Bliker, e desta vez conseguiu que ele não o perseguisse mais.

Na reserva dos lobos, eu suava sob meu rosto vermelho do sol. Trabalhava até a exaustão, ou até desmaiar. E para piorar, sempre que olhava para o lado, via os outros em suas formas reais trabalhando tranquilos e acima da resistência de um corpo humano...

Os lobos quando amam, trabalham com toda a força que tem até esgota-la... Mesmo que faça dia ou noite. Chova ou faça um sol escaldante... Isso é como demonstram seu amor... Contudo eu não sei pelo que estou trabalhando. E acho que isso me enfraquece...

Olho pra minha mão cheia de calos e alguns machucados... Elas doíam demais, mas se fosse por amor, isso seria suportável. *Quando se esquece de tudo que sentiu e viveu com a pessoa que se ama... Ainda existe o amor?*

Como vou saber se o amo se não lembrar...? É por isso que eu preciso ficar humano. Mesmo que dê mais trabalho... Mesmo que o ninho leve mais tempo pra ser terminado, preciso lembrar por que dei a marca para ele!

Arfo de cansaço e então entro em minha casa. Pretendia dormir, mas minha mãe logo estranha isso, por que em época de fazer os ninhos, nenhum lobo dorme ou relaxa até conclui-lo.

Deito sob um belo tapete feito de pele de urso e então eu fecho os olhos querendo dormir.

Caput, minha mãe, veio deitar-se comigo. - O que está fazendo?

- Dormindo! Eu preciso...

- Não pode! É contra a tradição.

- Mas mãe... Estou tão cansado... Estou sem forças.

- Vire lobo então! Essa casca cansa muito rápido!

- Não posso... Preciso me lembrar do meu marcado.

- Ah... Entendi... - Dito isso ela se acomodou melhor ao

meu lado, eu me aproveitei disso para usar seu braço como apoio de cabeça. - Ele me pareceu ser alguém muito corajoso. – Comentou enquanto acariciava meu cabelo.

Fiquei surpreso ao escutar isso, tanto que levantei os olhos até sua face e a encarei esperando explicações. - O conheceu?!

- Sim... É um rapaz muito apaixonado... Ele faria tudo por você! Até atacou seu pai! – Confessou fazendo meus olhos brilharem pela primeira vez desde que voltei a ser humano.

- Caramba... Ele é demais mesmo!

- É sim... E um dia, vai se lembrar disso. Eu prometo!

- Obrigado, Mãe! - A abracei pondo o rosto em seu peito. Ela me faz cafuné e então consegui dormir assim.

Assim como dormia àquela hora, Yohan fazia o mesmo em sua casa. Ele deitou em sua cama aconchegante e grande, e se sentiu relaxar com seu pijama confortável e de banho tomado. Ele fechou os olhos aos poucos colocando os braços embaixo da cabeça. E inevitavelmente ele pensa sobre mim. *Eu deveria mesmo estar ignorando o Dwight? Eu sei que não é culpa dele ter esquecido tudo... Eu sei disso... Mas ter que lembrá-lo e saber que algumas memórias sobre nós nunca voltarão me deixa triste...*

- Relacionamentos são complicados... – Arfou cansado e virou-se de lado. Seu cabelo prata cai sob as sobrancelhas grossas e um tanto rusticas. E então o seu semblante angustiado aos poucos de desfaz para a tranquilidade dos sonhos.

Enquanto dormia eu sonhei com o meu marcado... Ele estava olhando pra mim com grandes pupilas vermelhas e me pedindo sangue... Eu dei, mas ele tomou além do que podia e me sugou junto... Eu desaparecia no abismo escuro de sua garganta sedenta e funda... Isso me faz entrar em desespero.

Acordo totalmente assustado sentindo que tive um pesadelo com o meu marcado. Minha mãe, que estava ao meu lado, acordou também e viu meu estado. - Que foi, filho...?!

- O meu marcado... M-me consumiu até a morte!

- Que?!

- Ele quer o meu sangue, Mãe!

- Então por que ele aceitaria a sua marca...?

- EU NÃO SEI!

- Filho, eu tenho certeza que ele não quer matar você.

- E-eu não me lembro dele, e a primeira coisa que sonho é ele me matando?!

- Olha, você precisa ter calma, eu já conheci o seu marcado, e ele não quer fazer nada de ruim com você... Está bem?

Isso me dava um grande alívio, mas só havia um jeito de descobrir as reais intenções de meu marcado. - Tenho que voltar a fazer o ninho! - Levanto da cama e saio dali. A lua me dizia o quanto aquela noite estava bonita.

Caminho por um tempo ate alcançar meu ninho. Ele estava totalmente por fazer enquanto que os outros estavam mais bonitos e tinham lobas se vangloriando da beleza e conforto de seus ninhos por toda parte...

Será que meu marcado vai se orgulhar do meu ninho um dia?

Arfo se tristeza lembrando que ele provavelmente não gostava mais de mim por algo que não lembro que fiz.

De qualquer forma afastei aqueles pensamentos que me enfraqueciam e me dediquei a terminar meu ninho.

Aos poucos amanhecera e eu tive que parar meu trabalho. Contudo eu estava suado e fedorento... Então fiz uma caminhada de dez minutos até a lagoa da reserva. Eu fiquei sem minhas vestes enlameadas e suadas e tomei banho na cachoeira e depois me sequei ao sol. Voltei para minha casa aonde vesti a farda da escola e peguei minha mochila.

A caminhada para fora da floresta durou novamente

trinta minutos, mas fui inteligente e fiz tudo para chegar à escola na hora que as aulas começavam. Fui até a cantina e comprei um sanduíche de carne pra me alimentar depois de toda essa luta. E se eu pudesse chorar, o faria agora por estar amando finalmente comer.

Lambi os dedos quando terminei. Foi a melhor refeição de todas...

Contudo não era o único a estar me alimentando antes das aulas. Logo ao longe vi meu marcado. Ele se apoiava em pé na parede enquanto abria a bolsa para pegar um saco de sangue. Ele parecia sedento como no meu pesadelo e isso me fez engolir a seco. E então Yohan fechou os olhos quando tomou aquele sangue como se saboreasse o gosto. - O sangue do Dwight... É mais saboroso que isso... – Murmurou entristecido. *Sinto falta dele... Por que isso tudo está acontecendo? Por que eu o estou ignorando? Eu pensei que seria melhor assim, mas eu queria que ele me abraçasse e me beijasse... Queria que seus braços me segurassem no colo.* - Ah... Eu sinto a falta dele...

Sequer poderia imaginar no que ele poderia estar pensando agora, tudo que poderia fazer quanto a nossa relação era respeitar seu espaço até ele me perdoar pelo que fiz...

Depois disso ele foi para a sala. Eu resolvo terminar minha refeição temendo desmaiar de fome de parasse.

Na sala Bliker sentou ao lado do Yohan desta vez, e decidiu tagarelar como sempre. - Oi...! Ontem eu vi que começamos com o pé esquerdo... Que tal a gente recomeçar? Eu não tenho nenhuma intenção de te ferir ou machucar e me senti mal de ter feito isso antes... Eu não te expliquei bem, mas nosso noivado foi algo que nossos pais decidiram... Eu decidi aceitar por que te achei muito gostoso! Mas não precisa aceitar se não quiser... Podemos ser amigos, e ver no que vai rolar... Entende?

Yohan virou seu olhar para ele enquanto o escutava, e embora desconfiasse de suas palavras, resolveu aceitar a trégua. - Eu entendo... Não me importo se formos amigos... - Murmurei voltando seu olhar para a mesa enquanto balançava meus pés. - Não vai rola nada entre nós... Meu pai só quer forçar qualquer coisa a mim, mas casamento? Isso foi um absurdo... Ele acha que eu sou um brinquedo para ele me usar para tudo o que ele quer alcançar. Sejam alianças ou status... E se não aceito, ele me castiga, como agora, que me obrigou a frequentar as aulas diurnas.

Entro na sala e vejo o meu marcado e o demônio de ontem, os dois estavam sentados juntos. Eu imediatamente estranhei por que eu e Yohan éramos... Éramos o que exatamente? *Talvez ele não sinta mais... Talvez ele tenha se arrependido... Por isso não quer mais falar comigo! Ele nem sequer olha pra mim!*

Pensar que ele não me ama mais só me enfraquece, e sem força eu não tenho mais nenhuma motivação pra terminar o ninho.

Fui até meu lugar de sempre e sentei. Estava totalmente desestimulado e meu coração doía. Eu não me lembro do amor que sentia por ele, mas meu coração doía como se eu nunca tivesse esquecido...

A aula começou e eu anotei tudo que o professor dizia pra não esquecer.

Eu deveria ter feito anotações sobre o Yohan... Ou será que fiz? Reflito sobre isso e então decido procurar no caderno algo sobre meu marcado... Contudo não vi nada, fora um coração desenhado e dentro dele tinha escrito: Dwight + Yohan.

Yohan deitou a cabeça sobre sua mesa virando seu olhar para mim, mas estava concentrado demais na aula para perceber... *Eu o amo... Eu queria tanto que ele não se esquecesse de mim e que ele pudesse se lembrar de tudo que me disse... Mas não dá...* Ele pensava sentindo o coração doer tanto quanto o meu. Ele não conseguia mais ficar naquele ambiente ou prestar atenção na aula com seus sentimentos tão confusos e angustiados quanto a nossa relação.

Então o vampirinho virou seu olhar para o demônio, acreditando que ele falava a verdade sobre serem amigos. - Você poderia anotar as matérias para mim...? Eu não quero ficar aqui... Quero tomar um pouco de sangue em um lugar escuro... - Murmurou enquanto abaixava a cabeça, felizmente Bliker aceitou fazendo-o sentir-se melhor.

Yohan suspirou aliviado e então levantou da cadeira agradecendo enquanto pegava a mochila. Pediu licença ao professor e depois saiu da sala.

Eu percebo quando saiu e fico esperançoso sobre isso. *Isso é sem dúvidas uma boa chance de falar com ele!*

Então saí da sala também, sob a permissão do professor para ir ao banheiro. Corro atrás de Yohan e antes que ele entrasse em qualquer lugar, eu resolvo chama-lo.

- Yohan...! - Clamo e isso o faz parar. - Eu sei... Não sou cego... Esta me evitando, mas tudo bem, Yohan! Tudo que eu fiz... Com você... Tudo que eu fiz de errado... Todas as nossas brigas... Eu não lembro... E nem vou te pedir pra reviver tudo isso me contando! Mas eu... Sinto-me aflito... Só me diz uma coisa... Uma única coisa, Yohan... Diga-me isso e eu juro que não vou tentar mais nada... Não vou mais te incomodar e vou respeitar o teu espaço e o teu momento... – Respirei fundo lutando contra os pensamentos negativos e a toda a resistência em pedir algo que poderia ser tão difícil para ele. - Diga-me se ainda há amor... Em você... Se sente amor por mim!

Eu preciso saber pra poder ter forças pra construir o ninho!

Yohan virou-se, mas se deteve quando tentou aproximar-se de mim. Ele estava bastante envergonhado, sequer mirava em meus olhos. – Nós não brigamos... Não aconteceu nada disso... Eu só... Sua família... Não parecia ter gostado nada de mim... Eu estava me sentindo indesejado...

Minha família não gostou dele?! Isso fixou na minha mente de um jeito que me deixa tomado pela revolta. *Eu não posso ad-*

mitir que minha família... As pessoas que me criaram e que eu amo tanto magoem o meu marcado!

- Eu vou falar com eles... Não podem te tratar mal e acharem que está tudo bem!

- Não foi só isso... É que quando você se transforma em lobo... Você se esquece de mim... Eu sei que não tem culpa nisso... Mas... Eu... Eu me sinto triste quando você não se lembra de mim! Você só sabe que eu sou seu por conta dessa marca... E se ela não existisse... Eu teria que convencê-lo de que estávamos juntos como da última vez...

Ouvi-lo confessar aquelas coisas fazia meu coração doer e sentir tanta culpa que estava até difícil de respirar... Imaginar que causei tanta dor ao meu marcado me causava muita dor também...

Queria que ele nunca mais se sentisse assim!

- Eu juro que não vou mais te esquecer! Nunca mais virarei um lobo! Vou ficar nesta forma pra sempre! Eu juro! Eu não quero mais te causar tanta dor! – Prometi decidido em minhas palavras. Percebo que isso impressionou Yohan, pois o fez chorar.

- Mas... Você gosta de virar lobo... É você mesmo... Você se sente bem... Seria egoísmo tirar isso de você...

Eu não poderia escolher os dois se eu queria parar de magoar o Yohan. Eu tinha que desistir de algum... Tinha que desistir de quem eu era.

- Eu... Eu sei que não tem outro jeito. E se for pra escolher, eu escolho você! – Declarei causando grande surpresa em Yohan. Era como se fizesse um grande gesto de amor para ele. – Obrigado por me ouvir... Era só isso! – Dito isso dei as costas para ir embora e deixa-lo em paz para pensar sobre nós.

- Espera... – Rogou e então eu parei. - Eu pensei que eu precisasse de um tempo... Mas eu sinto tanta saudade de você... Parece que o amor que eu sinto cresce cada vez mais! – Confessou deixando-me completamente imobilizado e sem palavras. Yohan abaixou ainda mais a cabeça e então criou coragem e caminhou até mim em passos rápidos. Quando me alcançou sinto seus braços envolvendo o meu tronco. Ele me abraça apertando seus dedos em minhas costas. - Eu te amo... Todo o amor que eu sinto por você ainda está aqui... Eu te amo... Muito, muito...

Eu definitivamente não posso mais virar lobo!

Afago seus cabelos pra acalenta-lo.

- Eu queria que tivesse outra forma... Talvez se encontrássemos alguém... Que pudesse desfazer essa consequência de esquecer... Quando se transforma... Você não iria precisar deixar uma coisa que você gosta... Por mim... – Yohan pensou em voz alta. Eu apenas concordei enquanto lhe acariciava os cabelos.

Sem percebermos, Bliker escutou o pedido do meu marcado e isso o faz sorrir maligno com tal ideia... *Então ele quer impedir que o namoradinho esqueça é...? Interessante! Isso sim é!*

Depois disso ele estala os dedos e volta pro seu reino de demônios. Graças a grande desigualdade social, havia vários demônios pobres pedindo esmola... Bliker simplesmente asneava aquela parte da população e preferia fingir que não existiam.

Ele foi direto para sua casa no castelo encontrando com seu pai e amigos políticos. Todos eram robustos de tanta corrupção no governo.

- Pai...! - Disse e então ele parou o pôquer pra lhe dar atenção. - Preciso de ajuda!

- Hey...! Como está indo com o seu noivo? – Horan, seu pai, questiona certeiro quanto ao seu real objetivo em frequentar a escola.

- Ele é bem difícil... Está de casinho com um lobo! – Retrucou torcendo a boca em desagrado total.

- Arg! Que raça imunda! Eles são muito primitivos! – Praguejou sem tirar o charuto preso na boca.

- Eu tenho um plano, mas preciso de ajuda!

- Do que precisa?

- Eu quero um feitiço! Consiga algum feiticeiro desses que a gente tortura pra fazer a porção que eu quero!

- Tudo bem... Vou usar o Merlin! Aquele velhote está tão fraco que se fizer mais uma porção vai morrer de uma vez por todas!

- Isso! Grande ideia!

- E qual a porção que você quer...?

- Uma que transforme um lobo em um humano completo!

- Caramba... Que crueldade! Imagino o que aconteceria se ele voltasse pra sua alcateia... Iriam devora-lo! – Comentou e seus olhos incendeiam em brasa.

- Esse é o objetivo! – Repeliu soando igualmente animado.

- Meu filho é tão mau – Horan comentou orgulhosamente.

Enquanto isso na escola, Yohan levantou seu olhar para mim e segurou meu rosto com sua mão pequena e frágil. Isso me surpreende um pouco. Contudo a surpresa maior foi perceber que ele ficou com os olhos num vermelho vivo, intenso e penetrante. Ele queria tomar meu sangue e eu percebi...

- Vem aqui...! - O puxei pela mão e fomos pra uma sala escura.

Eu sentei num cantinho do chão. Faço o vampirinho sentar no meu colo pra ficar mais fácil alimenta-lo. - Pode tomar... Quanto quiser! - Disse mesmo tremendo com medo de ele me chupar até a morte igual o que aconteceu no meu sonho.

- Fique tranquilo... Eu agora estou mais acostumado... Não vou perder o controle... – Disse parecendo perceber o quanto estava nervoso. E então deixa um pequeno selar em meu pescoço, seguidamente fechou os olhos.

Apertei meus dedos em suas costas enquanto impulsionava um pouco meu corpo para frente. E então o senti me morder. Não estava doloroso, e saber que isso era bom para ele me fazia sentir bem.

Levaram apenas alguns segundos para ele me largar... Não tomou o suficiente para me deixar anêmico desta vez. Isso era bom, realmente parecia que ele estava conseguindo manter o controle. Sorri pequeno enquanto o via limpar a boca, e então abaixei o rosto encostando nossos lábios.

- Eu senti saudade dos seus beijos...

- Eu também senti... - Disse seriamente fazendo carinho em seu rosto e puxando uma mecha sua pra detrás de sua orelha. - Me diz de novo, que me ama...? - Peço sorrindo mínimo, mas de uma maneira doce.

- Eu te amo, eu te amo muito, Dwight... – Jurou fazendo meu peito se aquecer.

Lambo sua boquinha. - Sabe... Eu estou construindo o ninho e... – Disse o chocando um pouco. - Eu não parei de fazer... Não desisti... Mesmo que pensasse que não ligaria ou que não me amasse mais... Por que eu sei que te dei a marca por que te amava. Então queria saber o que te deixa confortável. Eu quero te dar isso...

- Bem... Eu acho que ficar com você... Ficar entre seus braços, ouvir sua voz... Sentir suas lambidas e beijos... Isso é o que me deixa confortável e tranquilo... Faz com que eu sinta segurança... – Confessou se sentindo um tanto emocionado e carente.

- O que é beijo? – Questionei fazendo-o rir de mim.

- Tem me beijado varias vezes... E sequer sabia o que estava fazendo? Por acaso era bv?

Assenti. – Então lamber você na boca, é beijar? Eu não imaginava que isso tinha um nome. – Confessei inocentemente fazendo-o rir mais de mim.

- Sabe, Dwight.. Eu não quero que se esgote tanto... Sei que o ninho que fizer vai ser perfeito... Porque tudo que eu preciso para me sentir confortável é você... - Ele de repente me fala coisas que eu não esperava ouvir... Geralmente as lobas pedem joias, roupas ou chocolates... Eu estava disposto a conseguir qualquer coisa pra ele por mais difícil que fosse, mas Yohan só queria a mim... Era um amor puro, totalmente sincero e sem materialismo.

Agora eu entendi por que me apaixonei por ele... Sua essência é a mais bela que já conheci.

- Então esteja certo... Eu vou estar no ninho quando estiver pronto... Vou esperar por você. - O abraço contra meu peito que palpitava intensamente. - Imagina isso... Fecha os olhos e imagine o ninho que eu construí pra você e depois me veja nele... Esperando-te entrar... Segurando-te no colo e te esquentando no inverno... Os próximos dias, só nós dois ali. Juntos e se amando... Eu te lambendo todinho e te beijando com bastante vontade!

Yohan me obedeceu e fechou os olhos levemente imaginando cada palavra que dizia. Formou uma imagem linda em sua cabeça e seu corpo começou a esquentar, ele sorrir pequeno enquanto se encolhia entre meus braços. - Eu mal posso esperar para estar em seus braços... Sentir suas lambidas gostosas sobre meu corpo... Eu quero muito esse momento com você... Sabe o que eu sinto quando você me pega no colo?

- Não sei... Mas me diz o que sente...?

Se ele disser que me ama mais uma vez, será difícil esperar até o ninho ficar pronto... Caramba! Eu estou louco por ele... Louco demais!

- Quando você me pega no colo, eu sinto como se meu coração voltasse a bater tão rápido que poderia escapar por minha boca... Você me faz sentir quente e confortável... Eu me sinto seguro... E eu amo isso... Assim como te amo...

Puxo seu queixo e empurro minha língua em sua boquinha. Fico lambendo sua língua enquanto abria os botões de sua camisa. Então desço a língua pro seu pescoço. Aproveito para abrir sua blusa rapidamente, fazendo seus botões voarem longe. E depois me deparo com seus peitinhos...

Ele só tem dois mamilos? Geralmente são seis... Se bem que ele é tão pequeno, seis peitinhos não caberiam nele.

Apesar de serem poucos, lambo seus peitinhos depositando mordidas em cada um. Yohan estava surpreso com minha pressa, e soltava gemidos baixos o tempo todo. - e-eu te deixei atiçado?

- Deixou...! - Falo com um fio de saliva fazer a ponte entre minha boca e o seu peitinho completamente enrijecido.

Quero devora-lo.

De repente ouço a porta abrir e o professor Dimitri entrou flagrando nós dois naquela posição: Eu em cima do Yohan, claramente lambendo seus peitinhos... Isso o chocou e deixou-o furioso.

Pouco tempo depois, eu e o vampirinho estávamos fazendo uma redação de duas páginas sobre comportamentos irresponsáveis na escola e finalmente o clube de artes pareceu uma detenção.

Estou de detenção há dias, e sequer lembro o que fiz! Só sei que todo dia tem dever de casa de artes! Que saco isso...

O único que parece gostar disso era o tal Myo. Ele claramente sorria e prestava bastante atenção na aula de artes. Ele certamente seria o único a se inscrever no clube caso não fosse algo imposto pra todos os alunos da detenção.

Ao menos eu tinha uma ideia do por que eu errei ali... Então eu escrevia exatamente o meu erro: *Eu ouvi meu namorado dizer que me ama, e isso me excitou demais, mas eu deveria ter escolhido outro lugar pra demonstrar os meus sentimentos e...*

Eu devo pensar em outros motivos também... É melhor não focar apenas na escolha da sala.

O professor deveria ter batido antes de entrar, e daí ele provavelmente não teria me pegado no ato!

O senhor Dimitri flagrou aquilo por ser desatento...

Mas isso não isenta minha parcela de culpa. Eu poderia ter evitado tudo se não fosse atrás do meu namorado hoje...

É só minha culpa por acaso?!

O meu namorado também é culpado por ter me seduzido... Ele tem uma boa lábia e quase me convenceu a não esperar o inverno.

Acho que estou indo bem...!

Yohan estava igualmente em duvidas sobre o que colocar. *O que eu devo escrever aqui? Eu não me sinto culpado por ter acontecido aquilo... Eu realmente amei ver aquele lado do Dwight. Se tivesse que culpar alguém seria o professor... Ele nos interrompeu... Mas se eu quiser sair daqui terei que escrever o que Dimitri gostaria de ler...*

O vampirinho suspirou escrevendo parte por parte, dizendo o quanto se arrependia por dar amassos na sala, mesmo que estivesse no calor do momento e gostando muito que estivéssemos demonstrando o amor que sentíamos um pelo outro... Ainda assim deveria ter sido mais responsável, porque a escola não era um lugar para isso. Depois disso Yohan improvisou várias coisas sobre sexo seguro e então terminou a quantidade obrigatória de linhas. Assinou com sua letra cursiva rebuscada e a dobrou colocando em um envelope. Seguidamente derreteu a cera sob a carta e imprensou o selo real de sua família. Endereçou a carta para o professor e então levantou e a colocou à mesa do professor.

Enquanto isso John, o outro refém da detenção diária, estava desenhando a mando do professor. Eram apenas papeis e aquarela, mas ele estava indo muito bem nisso! Seu desenho era o de um golfinho, e havia ficava bastante colorido com o efeito de onda no mar.

O tritão pensou em mostrar sua pintura para seu amado Myo, mas acovardou-se ao perceber que Izake havia desenhado um cavalo branco. Não era qualquer alazão, era o que ele tinha na fazenda. Isso encantou Myo.

Se eu soubesse que ele gostava disso, teria aprendido a montar... Mas tenho medo de altura e de cavalos John refletia em seus pensamentos. Izake ganhava mais pontos do que ele, e aquilo o deixava tomado pela inveja.

Myo, apesar de ser o único contente de estar na aula de artes, não era bom com desenhos de aquarela, e precisou usar mais de dois papéis para que assim ficasse melhor e fossem testadas as tintas. E após ter terminado, finalmente teve coragem e levantou caminhando timidamente e furtivamente até John. O rapaz colocou seu papel sobre a mesa do mesmo. Seu desenho era uma caricatura pintada em tons de preto e cinza. Ele colocou de baixo dos materiais de John e voltou rapidamente ao seu lugar começando a desenhar novamente, desta vez queria fazer o Izake, porque amava os dois.

Myo pensou que deixaria os rapazes felizes em receber um desenho seu, e sorriu com seu pensamento começando a preparar o esboço. Ele foi pintando com alguns tons de cinza e outros mais quentes e quando acabou furtivamente seguiu até a mesa do outro e colocou de baixo de seus materiais.

- Missão cumprida... – Sussurrou para si, mas quando o professor pediu a tarefa, o mesmo não tinha como entregar, e por isso perdeu alguns pontos no clube ficando triste por isso.

- O que foi? Não fez o dever? – Izake questiona ao mesmo após entregar seu desenho ao professor. – Você ficou desenhando por horas e não deixou a gente ver...

Myo negou com a cabeça, e de relance ver o desenho de

John. Era um golfinho. Golfinhos eram um dos seus animais favoritos fazendo-o sorrir inconscientemente. - Posso ver o seu desenho? – Myo pediu para o mesmo.

- O-o meu desenho? – John questionou corando de leve e então evitando olha-lo respondeu: - Por que iria querer isso? Não está tão legal quanto o do Izake. - Retrucou.

- Tenho certeza que não fez algo tão ruim assim... Mostra logo, seu bobo! – Izake repeliu.

John franziu o cenho quando ele fala consigo daquele jeito. - Se eu fosse mostrar para alguém, seria só pro Myo!

- Ficar me afastando de você só vai fragilizar o nosso trio! – Izake treplicou.

- Que trio?! Não se meta entre mim e o Myo! – John revidou e sem perceber segurou a mão do Myo. *Isso mesmo! Myo tem um favorito e este sou eu!* Acreditava.

Apesar de corado com a ação de John, Myo insistia em sua ideia de ver o desenho do maior. - Mostra pra gente, por favor... Eu quero muito ver... Aposto que deve estar incrível...

John seguia envergonha de mostrar sua arte para todos, pois queria mostrar só para Myo quando estivessem sozinhos, afinal fez o golfinho pensando em dar pra ele. Contudo Izake encontra o desenho do Myo em seus pertences passando a se vangloriar do presente. - Olha só isso! Nosso Myo desenha tãooooo bem!

- **Nosso** Myo?! Fala como se ele fosse **seu** também! – John retrucou.

- Para de tratar o Myo como se ele fosse um objeto! Ele não pertence a ninguém! – Izake revidou buscando tirar a paciência do sereio macho.

- Foi você quem começou, hipócrita! – John enfurecidamente puxou a gola da camisa de Izake ao falar isso.

Izake sequer parecia intimidado, como se já estivesse acostumado àquela briga eminente. - Do que está falando?! Você quem quer o Myo só pra você como se ele fosse um objeto!

- Eu sei o que você tá fazendo... Está me irritando só pro Myo pensar que sou um escroto... Eu não vou deixar que faça isso!

Izake gargalhou de rir para o desagrado do tritão. - Só estava te provocando, você mal fala comigo se não é pra brigar...

- Está tão carente assim? Guarda isso pro Myo então!

- Então tudo bem pra você seu namorado ter um namorado?

- Desde quando usamos essa palavra?! – John corou demais ao ouvir tal expressão.

- Qual? – Izake questiona sorrindo de lado.

- Na-na... namorados!

- Se você beija alguém ou ela é seu namorado ou é alguma prostituta que pagou. E eu nunca vi Myo dançando numa barra! – Izake devolveu soando esperto.

John ainda não tinha se acostumado com essa expressão, sequer lhe agradava estar em um trio, mas para Myo era evidente o quanto queria ter os dois ao seu lado. Apesar das brigas, ele sentia que um complementava o outro. E mesmo que eles não se dessem bem agora, Myo acreditava que em algum momento um deles apoiaria o outro, por isso ele queria os dois. Ele amava os dois. E não queria se afastar de nenhum deles.

- Myo é alguém muito especial pra mim, ele é o único que eu já quis beijar, mas não chegamos a usar essa palavra ainda, e não quero que insista, ou vai forçar algo que não estamos preparados! – John repeliu soando serio.

- Caramba... Tem mesmo que deixar tudo tão complexo assim?! – Izake bufou impaciência e então fez John solta-lo.

- Isso é complexo sim! Você não pode simplesmente pedir alguém em namoro do nada! Isso leva tempo e também necessariamente exige um momento romântico e sério! Bastante sério! Pra ele entender o quanto isso é algo serio! – John revidou causando surpresa em Myo.

Izake fez uma cara de paisagem como quem estava entediado. E quando John menos esperávamos, o mesmo foi ate Myo e se ajoelhou em sua frente. - Quer namorar comigo? - Perguntou na frente de todo mundo deixando John chocado com isso.

Myo fica paralisado e completamente envergonhado com sua ação. - I-Izake... E-eu... Ah... E-eerrr... – Aparentemente estava sem palavras deixando o clima um pouco pesado para todos aguentarem.

O professor Dimitri, a esta altura, já havia desistido da profissão e saiu da sala sem se despedir.

Yohan sentou em minha mesa. – Isso está ficando bom. – Cochichou em meu ouvido.

Eu levantei da cadeira. – É melhor irmos embora... Esse assunto não pertence a nós.

- Fica quieto, eu quero saber o que o Myo vai responder! – Yohan mandou forçando-me a sentar de volta.

Myo estava nervoso e de longe podíamos vê-lo suar. John estava distante e com um olhar sombrio e ombros caídos, como se esperasse o pior. Enquanto Izake parecia estar se cansando de esperar. – Por que não me responde?! – Questiona soando levemente impaciente e irritado pela demora, como se uns minutos a mais significasse que o amasse menos.

Myo mordia os lábios de leve e parecia olhar para John, como se esperasse alguma reação do mesmo. – J-John... – Clamou sem perceber. E Izake tomou aquela palavra como uma resposta. E então levantou do chão.

De repente Myo o abraçou impedindo-o de ir embora. - Você... Pode esperar um pouco? – Questiona para Izake. - Eu quero que nós três tenhamos um relacionamento... Mas acho que... John ainda não está pronto pra isso... Não... Que eu não esteja feliz pelo pedido... Mas eu ficaria... Mais feliz... Se eu pudesse pedir vocês dois... Em namoro... – Dificultosamente e escolhendo cada palavra dita, Myo pediu.

Izake ficou pasmo quando Myo o dispensou daquele jeito na frente de todos. E então o fez solta-lo. E sem ter ideia de onde por a cara, ele saiu da sala.

O senhor Dimitri havia ido buscar mais tinta, e só agora estava voltando. Então viu Izake sair, e o ameaçou dar mais detenção se não voltasse logo.

- Tudo bem pra mim, eu vou pra detenção só por respirar aqui nessa escola afinal! – Izake revidou para o professor. E então pulou o muro e foi embora do colégio.

Myo pensou que ele entenderia, mas viu quando ele fez uma cara decepcionada e foi embora sem que ele pudesse se desculpar. - Não queria machuca-lo... O que eu faço? Ele não vai me perdoar...

John viu tudo que aconteceu e entendeu o que Myo estava propondo. *Sei que ele não conseguia escolher e por isso queria nós dois... Em parte, eu quem provoquei tudo isso, se tivesse assumido Myo desde o início, mais ninguém se engraçaria pra cima dele...* Refletia de longe.

O professor voltou para a sala, mas ainda estávamos totalmente imersos na discussão entre John e Myo. Então Dimitri resolveu aproveitar a folga para jogar no celular.

- O que eu faço, John? Eu o magoei... Eu só queria... Que vocês dois se dessem bem... Eu gosto de vocês dois, mas eu sei que você não está preparado para um namoro... Você ainda está confuso... Eu só queria que ele esperasse um pouco... Mas isso é tão egoísta da minha parte... Que eu acabei magoando e envergonhando-o... Eu não queria isso... – Disse deixando pequenas lágrimas caírem. *Eu sou um egoísta... não deveria nem estar chorando... Izake deve estar triste e se sentindo constrangido...* - Eu pensei que... Vocês poderiam se dar bem também... Vocês dois são especiais... E eu sinto que poderiam completar um ao outro... Porque você tem pontos positivos que ele não tem... E o Izake tem pontos positivos que você não tem... Achei que ao menos no futuro... Vocês poderiam gostar um do outro... E daríamos certo... Nós três juntos... Por isso queria esperar... Até que você estivesse pronto, mas... Vocês não parecem que vão se gostar um dia... – Dito isso pegou o caderno de desenho que estava em sua mesa e então colocou na página que tinha um desenho dos três. – Era o meu sonho...

John recebeu o desenho e refletiu por um tempo. - Se quer o Izake, deveria ir atrás dele... Eu vou com você! – Dito isso sorriu esperando que pudesse contagia-lo a se sentir melhor.

- Mas... Não quero ter que escolher entre os dois... Você vai comigo mesmo?

- Não estou te pedindo pra escolher... – Dito isso beijou o topo de sua cabeça enquanto abraçava-o. - Vou contigo pra onde quiser!

Yohan levantou da mesa. – Perfeito! Já podemos ir! – Declarou puxando meu braço. Forçando-me a ir com ele. Peguei rapidamente minha mochila e o deixei me levar.

O Vampirinho e eu seguimos para minha aldeia. Ao menos, ele era rápido e me levou correndo em suas costas. Yohan poderia ser secretamente rápido e forte, mas aparentava o contrario. Pouco depois de chegarmos, o levo para meu ninho parcialmente terminado. – Está vendo? Isso aqui será tão belo um dia que poderá se orgulhar de mim.

Yohan sorriu com a ideia e me beijou na bochecha para agradecer minha devoção todo este tempo que estávamos longe um do outro. – Obrigado por não desistir de mim. – Disse soando amável e tão doce que me fez corar.

No entanto nossa recente união despertou a curiosidade de algumas lobas por perto, que sempre estavam de olho para o que fazíamos. Eu passo a afiar algumas estacas para servir de alicerce pra casa. Enquanto isso o vampirinho me assistia abaixo de uma sombra segura de arvore.

Passado algumas horas eu percebo que ainda tinha energia pra continuar, depois que reatamos o ninho já deu uma alavancada. Já poderia até pensar na decoração. - Quer que tipo de cor nas paredes? - Pergunto com um sorriso. Estava enormemente feliz por estar com ele ali.

- Cor? Hum... Que tal um roxo...? Não é uma cor muito quente e eu gosto do sentimento que ela passa... - Falou enquanto colocava a mão sobre o queixo enquanto me olhava.

- Gosto da cor roxa! Boa escolha! Vou comprar a tinta amanhã! - Dizia isso pegando a próxima estaca pra afiar.

- Mas eu quero ajudar a pintar... Ao menos isso eu posso fazer né!?

- Já estamos quebrando tantas tradições, então por que não? – Disse soando despreocupado. – Não está cansado de me assistir? Sei que pode ser tedioso... – Disse isto por que a maioria das lobas não ficaria com seu namorado, por ter a tal despedida de solteiro pra cuidar, mas Yohan era diferente. Então não precisávamos seguir à risca com a tradição. Meus pais também não implicavam demais sobre isso, na verdade meu pai nem estava ligando muito.

- Não... Eu gosto de ver meu homem trabalhar. – Confessou fazendo-me corar.

Sua atenção em mim estava me deixando entusiasmado e fazendo pensar sobre o futuro. - Eu estava pensando em fazer um quartinho de bebê, por que às vezes tem lobinhos que perdem os pais ou algo assim. Podíamos adotar algum.

- É uma boa ideia, se eles não tiverem para onde ir podemos cuidar deles... Eu estou me acostumando com a ideia de adotar uma criança com você... – Disse isso colocando as mãos sobre suas bochechas enquanto fazia um biquinho fofo. – Por falar em família, eu acho que ainda temos que te apresentar a minha família... O que você acha? Ou será que é melhor não ter um contato com eles?

Afiando aquelas estacas, lembro-me do que meu pai falou sobre uma possível guerra contra os demônios... Isso ainda me preocupava. Fico meio disperso durante nossa conversa. Contudo ele me faz umas perguntas e eu acordo pra conversa. - Oh... Acho que... Qual era mesmo a pergunta? Eu... Não ouvi.

- O que foi? Aconteceu alguma coisa? Você parece preocupado... - De repente ele veio até mim e tocou minha bochecha. Isso me tranquilizou de algum modo.

- Aconteceu sim... Meu pai está com umas ideias bem malucas... Ele... Ainda está muito ferido com o passado. Quando o tempo das guerras consumia todo mundo... - Dizia pondo a mão sob a sua em minha bochecha. E então a beijei. - Eu não concordo em nada com isso... Ele quer vingar os que já morreram, mesmo que isso provoque mais mortes no presente... Ele não me ouve quando falo... Ele só consegue se ouvir. E isso me dá muito medo por ele ser o alfa daqui e mandar na alcateia.

Yohan arregalou os olhos e seu queixo foi ao chão. - Guerra? Logo agora que estava indo tudo tão bem... – Arfou de cansaço e então me abraçou, embora estivesse suado, ele não sentia aversão a nada em mim. - Eu acho que te entendo... Nossa família não nos ouve... Quer dizer, eles fingem não escutar para que assim eles não precisem ouvir a verdade... Eles são superiores, mas mesmo assim... Tão infantis... – Dito aquilo sentou ao chão. - Vem cá... Faz uma pausa e deita aqui no meu colo... Eu vou tentar te acalmar um pouco...

Eu não negaria estar pilhado quando estava estampado na minha cara os meus sentimentos sobre tudo. Contudo o meu Yohan estava ali pra me acalmar.

Deitei com a cabeça em seu colinho e fechei os olhos. - Hummmm que delícia. Estou muito confortável aqui. - Falo enquanto me sentia arfar de prazer. - Quer saber? Eu ia comprar uma cama, mas acho que você e algumas almofadas sob um tapete é tudo que eu preciso!

O vampirinho abriu um pequeno sorriso enquanto fazia carinho em meus fios e sua expressão me deixava aliviado. - Está bem, a partir de hoje serei sua cama particular. – Prometeu abaixando a cabeça para beijar minha testa. - Não se preocupe tanto com essa tal "guerra"... Mesmo se acontecer algo eu estarei ao seu lado para tentarmos proteger toda a sua alcateia... Mesmo que eles não gostem de mim. - Falou com um biquinho emburrado.

- Não quero que lute por nós... Quero que esteja em algum lugar seguro... Essa luta é de minha alcateia, e meu pai, como alfa, é quem manda... Não terei escolhas senão obedecer então... - Levantei e o olhei de perto. - Eu não quero que se envolva e quero que fique em segurança... Prometo voltar pra você... Prometo fazer o ninho e te dar todo o meu amor enquanto estamos juntos... Eu... Quero que confie em mim!

Apesar de querer muito recusar, Yohan aceitou meu pedido. - Está bem... Se for você quem está me pedindo eu vou obedecer... Vou acreditar em você e esperar que volte são e salvo... Mas não vamos pensar nisso agora... Eu tenho certeza que essa guerra não acontecerá...

Neste momento eu fico louco pra adiantar o cio, mas... Enfiei algumas estacas no chão pra compensar minha vontade de enfiar no Yohan. *É possível que meu pau exploda por tanta vontade de fazer com o Yohan...?* Refletia em meus mais sórdidos pensamentos.

Trabalhar era minha maneira de me cansar mais rápido e evitar fazer besteira e ignorar a tradição de esperar. *O Yohan é muito sexy... Às vezes nem percebe que tá me provocando... Ou talvez saiba e seja sua diversão pessoal me cutucar.*

Yohan deitou de bruços sobre o chão para voltar a me observar sob a sombra da arvore. - Já que eu não posso te ajudar, vou ficar te admirando daqui... Daí quando estiver tão suado que sua blusa irá colar em seu corpo, eu terei a visão mais perfeita do mundo... – Provocou me mandando um beijinho enquanto balançava seus pés para frente e para trás.

Rio do que acabo de ouvir. - Eu também sei brincar, sabia?

Nesse momento tiro a blusa. - Se quer saber? Você deveria brincar menos com os meus sentimentos. Por que eu não sou feito de pedra... Eu estou precisando disso tanto quanto você, mas eu tenho uma tradição a seguir... E eu estou me arrependendo disso todo dia!

Yohan riu e fez um bico logo depois. - Sabe? Isso é bom... Estou louco pra brincar com você. – Revidou mordendo seu lábio por instinto. - Eu sei que precisa seguir sua tradição, eu vou esperar pacientemente... Dizem que quanto mais você espera mais gostoso será quando chegar o dia... – Disse soando devasso.

Tentei ignorar, mas o vampirinho queria revidar minhas provocações, então levantou do chão e abraçou minha cintura. Eu congelei onde estava e então senti sua língua sobre minhas costas. - Eu vou esperar até que você não resista mais a mim... Daí você não vai se segurar... - Sussurrou em meu ouvido logo me soltando e rindo baixinho...

No outro dia na escola, Bliker abriu a portinha do armário alheio e jogou alguns livros em seu interior. O armário e os livros sequer eram seu, mas ele se divertia agindo feito os outros estudantes dali. Obviamente ele não era um estudante normal, era super popular e não precisava frequentar as aulas que não gostasse.

Aquele lugar repleto de adolescentes era propicio para o rapaz se sentir venerado como um Deus. Todos queriam um pouquinho de Bliker, mas para azar o deles, ele era apenas um.

De qualquer forma, por mais ocupado que fosse, dedicouse a posar para o clube de artes. Embora lhe agradasse ter vários quadros de seu corpo seminu, ele não ia para lá só por causa disso.

Ele estava com o frasco da porção mágica consigo. Pretendia propor um acordo a mim, quando eu estivesse sozinho, visto que eu tinha essa peculiaridade de estar sempre colado no seu noivo. Então ele tinha uma barreira para ultrapassar. *Mas uma hora Dwight vai ter que usar o banheiro!* Acreditava e torcia.

No entanto, para a sua surpresa, quando eu ia ao banheiro, o Yohan me acompanhava. E Bliker ouvia-nos dar amassos numa cabine.

Isso já tá me estressando! Bliker refletia indignado.

De repente o súcubo sentiu cheiro de trio amoroso no ar. Seu radar para isso era muito eficiente, por que no geral, trios eram raridade. Então ele se aproximou ficando q espreitar o trio.

John: Aqui esta! - Disse colocando um sanduíche na frente do Myo.

Izake estava sem fome por que queria comer o Myo, e Bliker sabia seus nomes por que era um demônio muito forte.

John não era humano, e Bliker percebeu se tratar de um tritão, e isso o deixava sexualmente pouco atraído por Myo. Resumindo, ele não achava Myo sexy e nem tinha vontade de acasalar com ele.

Myo esta perdendo seu tempo então! Tritãos são muito tediosos... Por outro lado, Izake se punhetou noite passada pensando no Myo... Que depravado! É desses que eu gosto! Bliker refletia.

E então sentiu que se ajudasse Izake, ele o ajudaria também.

Coalé a do Myo afinal? Ele quer os dois, mas quer esperar... ESPERAR PELO QUE?! QUE GAROTO TEDIOSO!

Estreitando seu olhar aquele demônio travesso sentiu algo magico em Myo, mas lhe incomodava não compreender o motivo. – O que você é, pequeno Myo? – Cochichou pensando alto.

- Obrigado, está uma delícia! – Dito isso, Myo mordeu mais um pedaço do sanduiche e então estendeu aos dois garotos. -

Vocês querem um pedaço? É realmente delicioso...

- Quero não. Pode comer todo. – John respondeu e então sorriu amavelmente.

Izake pensou o mesmo que John: *Gosto de ver Myo se alimentando bem...*

E então o humano respondeu. - Pode comer.

- Está bem, já que vocês não querem eu vou aproveitar... – Dito isso o pequeno tirou outra mordida do sanduiche, e antes que pudesse mastigar sentiu uma presença que não soube reconhecer.

Bliker sentiu que o menor lhe percebeu, e por isso escondeu-se melhor.

O que era essa sensação estranha? Myo refletia sentindo seu corpo arrepiar... Ele estava se sentindo um pouco sufocado naquele lugar. E então mirou ao longe pensando ter uma presença desconhecia observando-o.

- Podemos ir para o pátio? Quero um pouco de ar...

- Claro... Eu só vou comprar um picolé pra você, amor – Izake revidou e então foi o primeiro a levantar da mesa que dividiam no refeitório.

- Compra pra mim também. – John falou lhe entregando o dinheiro.

Izake aceitou a contragosto e foi até o caixa. - Um picolé de morango e outro de Bosta ou de vômito... - Brincou, mas a moça disse que não tinha tal sabor.

- Então só o de morango mesmo.

Era o momento perfeito para Bliker agir, e então aproveitando que o ser místico não estava mais por perto para sentir sua presença maligna, foi até o rapaz. - Eu reconheço você... É um fiel escravo do sexo e do prazer... Sabe que eu tenho domínio maior sobre você por causa disso?

Izake rapidamente foi dominado pelo poder sexual daquele demônio se tornando totalmente submisso a ele. - Caramba, você é super popular aqui... Posso tirar foto contigo?! Eu te adoro! Venero-te!

- Eu sei disso, todos me veneram. Sou demais...

Izake: Você é incrível! Nem acredito que veio falar comigo...

- Resolvi fazer caridade hoje... Falando nisso, quero um favor seu.

Izake: Caramba! Que demais... Conte-me, o que posso fazer por você!

- Eu tenho um presentinho pro Dwight, mas... Ele não aceitaria se eu quem desse... Preciso que dê e diga que vai impedi-lo de se esquecer do Yohan. Entendeu?

Izake começa a sentir e perceber a malicia daquela conversa e quase acordou do feitiço da submissão daquele demônio. - Mais ou menos...

Bliker teve que apelar para algo que o mesmo quisesse bastante. - Eu reparei que está louco pra pegar o Myo sozinho, mas o chato do tritão não esta deixando... Se fizer isso, vou te ajudar a visitar os sonhos do seu namoradinho. Ambos sozinhos e num universo de infinitas possibilidades... O que acha disso?

Izake: Faço tudo que mandar se me ajudar a fazer isso!

- Combinado então? – Bliker estirou a mão.

Izake: Sim! - Ele aperta a sua mão firmando com o acordo.

E então Bliker lhe entregou aquela porção.

Enquanto isso, Yohan e eu saímos do banheiro antes que alguém percebesse nossa ausência. - Você está com fome? Quer que eu pegue um lanche para você? Tomei muito sangue hoje... Foi maravilhoso, mas sua barriga não vai aguentar ficar mais nenhum momento sem comida dentro dela...

- Eu estou faminto, mas sabe que como muito não é? – Lembrei-o fazendo o vampirinho concordar. No entanto ele não temeu a árdua tarefa de alimentar seu lobo insaciável e foi buscar um lanchinho pra mim. Eu fiquei ali morrendo de amores por ele se preocupar tanto comigo.

De repente gemi um pouquinho... Meu corpo estava bastante dolorido... Parece que não posso me esforçar demais, por este corpo não aguentar.

Mas esta versão humana é a única forma de nunca mais perder a memória...

De repente Izake sentou na minha mesa. E eu fico pensando que ele estava ali pra me irritar, por que nenhum lobo invade o seu espaço assim se não for pra puxar briga. - E ae? Cara emburrada a sua eim!

- É por que eu marquei território aqui! E você esta invadindo!

Izake: Mas acabei de ver o Yohan aqui!

- Ele é minha fêmea. Ele pode!

Izake: Essa conversa não faz sentido... Você é bem lelé da cuca, mano!

Rosnei pra ele ir embora.

Izake: Calminho ai... Eu só vim te entregar uma coisa!

- E o que é?!

Izake: Um presente! - Dito isso ele me entrega um frasco com porção mágica. - Isso vai te ajudar a nunca mais esquecer!

Arregalei os olhos. - ONDE CONSEGUIU ISSO?!

Izake: O... É-é segredo!

De repente meu namorado veio pra mesa e Izake saiu rapidinho.

- O que ele queria? Ele parecia bem nervoso... – Perguntou curiosamente.

Dei de ombros e peguei o lanche que ele trouxera para mim.

- O que é esse frasquinho aí?

- É uma porção mágica... Izake me deu dizendo que isso me impediria de esquecer... Achei isso muito suspeito. Ele sequer é feiticeiro...

- Myo quem é... – Revidou deixando-me surpreso.

- Então era isso que ele era... Um feiticeiro. – Repeti parecendo tão chocado que sequer conseguia manter a boca fechada. – Será que foi o Myo quem fez...? O que você acha?

- Ele é um feiticeiro, mas parece ser ingênuo e imaturo demais para ter esse tal conhecimento... Mas acho que essa é a única explicação... – Retrucou contribuindo significativamente para alguma conclusão.

- Talvez ele tenha pedido para algum parente mais poderoso pra fazer... – Conclui e então passei a comer o meu sanduíche. - Está uma delícia, amor... Quer saber? Pode me pegar de lanchinho pra mais tarde. - Disse depois de devorar o sanduíche numa mordida faminta. *Sequer havia percebido que estava com fome até devorar o sanduíche... Acho que meu estômago humano me pregava peças às vezes.*

- Posso mesmo? Então eu vou aceitar essa proposta...

- Só não podemos mais usar a sala de artes. Se o professor vir, vamos levar mais detenção. E ultimamente eu tenho detenção só por existir. – Disse fazendo-o rir.

- Eu até que estou gostando das aulas... - Yohan apoiou a cabeça sobre a mão enquanto observava as pessoas, e fez um pequeno bico quando voltou a me olhar. E a ideia de que poderia esquecer o quanto o amava retornou em meus pensamentos. E inevitavelmente me peguei pensando na porção novamente.

- Yohan... E se a porção resolver...? E se eu nunca mais te esquecer de novo?

Depois do cio... Terei que guerrear e isso será impossível sem minha versão lobo.

Levanto a mão assustando-o um pouco, e o mesmo pensou que receberia tapas leves na cabeça como normalmente fazia, mas dessa vez o acaricio. Envolvo os dedos em seu cabelo e o puxo um pouco. - Eu tentei ficar nesta forma para ser mais fácil lembrar, mas um dia vai acontecer... E eu terei de voltar a ser lobo.

- Você quer correr o risco? Mas não sabemos o que tem nessa porção...

- Deveríamos arriscar...? Ou... Perguntamos ao Myo o que tem nessa porção. Qual a pegadinha... Qual a consequência de nunca mais esquecer...? Será que... Nunca mais esquecer a pessoa que amamos, vale apena qualquer consequência?

Eu acho que vale... Vale tudo por ele.

- Eu acho que... Quero qualquer coisa pra não te esquecer. – Fico ofegante ao pensar no perigo por trás daquela porção misteriosa, mas a esperança de que o risco valeria apena contagiava-me a aceitar.

Yohan pós a mão sobre a minha e então a acariciou. – Vamos arriscar então... Se algo acontecer... Como consequência... Eu estarei do seu lado.

Segurei sua mão e percebi que a mesma estava fria como o medo. - Vou tomar... Tomarei por você... Por nós... Pra ficarmos juntos pra sempre. - Dito isso eu abri o frasco e antes de beber, dei um beijo nos lábios de Yohan. Não lhe beijei pensando que seria nossa ultima vez, mas acreditando que isso me daria coragem. E então tomei aquela porção.

Tem gosto ruim... Que merda eu estou tomando?!

Mesmo que tivesse um gosto forte de cravo e verbena, Termino de tomar todo o liquido até esvaziar o frasco. E ao final, dou um soluço. - Caramba... Tem um gosto horrível. Esse é o gosto da memória?

Não sentia nada de diferente... Até que recordei de fatos antes da estória do ninho. Momentos com o Yohan que me fazem ficar bem feliz. - Eu lembro!

- Funcionou?

Eu sorri alegre pela porção ter funcionado, mas de repente eu senti uma forte sensação... Meu sangue esfriou aos poucos. Senti-me tão frio que tive calafrios. Abracei o vampirinho pra me aquecer. - Sinto tanto... Frio! Será o frio a consequência da porção... Caramba, estou congelando!

Se for só isso, eu vou aguentar!

Sinto meus olhos arderem como se eu estivesse cegando. Eu não conseguia mais ver com uma boa resolução ou ouvir muito bem... Eu não conseguia mais sentir que eu era EU de verdade.

- O que tá acontecendo comigo?!

Yohan me farejou e percebeu que estava mudando... - V-você... Que cheiro é esse? D-Dwight... Você está cheirando a um humano... Por que está com esse cheiro?

Arregalei os olhos. - Hu-humano?! Não sinto cheiro algum... Me sinto fraco... Sinto a força deixando o meu corpo. O que é isso?! - Tento me transformar em lobo, mas não conseguia. - Eu virei humano?! - Olho desesperado e totalmente confuso para Yohan.

Sou humano agora?! Isso é mesmo possível?!

- Humano... Você virou um humano... Por isso não está sentindo a força do seu lobo... Essa... Essa poção te transformou em humano...

Estava totalmente surpreso com aquele efeito.

Eu não acredito... Eu não esperava que isso fosse acontecer! Eu virei humano de verdade! E nunca mais poderei ser que sou.

Comecei a chorar no ombro de Yohan sentindo muita dor por ter perdido o que eu era.

Ao menos... Ao menos Yohan e eu ficaremos juntos! De verdade... Juntos pra sempre... Mas... Yohan é vampiro e vai viver pra sempre, eu vou envelhecer!

Abraçava Yohan refletindo que teríamos pouco tempo juntos e no quanto isso me transtornava.

- Por favor... Não chore... Vai ficar tudo bem... – Dito isso acariciou meus cabelos tentando me acalentar. - Eu sinto muito... Eu deveria ter te impedido de tomar isso... Não era isso que eu queria... Apenas queria que se lembrasse de mim... E que fosse livre pra ser quem é...

Seguro a mão de Yohan e a beijo. - Está tudo bem... Não foi sua culpa... E-eu... Eu fiz isso pra te provar o quanto eu te amava, só não sabia que fosse doer tanto! - Estava chorando bastante. Pus sua mão em meu peito. - É como perder metade de mim... Mas tudo vai ficar bem... Por que minha outra metade é você. - Dito isso eu fechei os olhos chorando bastante e pondo o rosto em seu ombro. - Me perdoa Dwight... me perdoa...! – Roguei para meu lobo interior. Eu sentia como se tivesse o matado.

- Eu... Mesmo que nosso tempo juntos tenha encurtado... Não mudará o que sinto por você... Eu sei que está sofrendo e que está machucado por perder metade de seu ser... Mas... Eu prometo... – Ao fim Yohan segurou meu rosto e fez com que olhasse para ele. - Eu prometo que serei sua outra metade... Prometo que vou cuidar de você e amar você por toda eternidade... Mesmo que eu termine sozinho no final... Eu vou te amar... – Jurou para mim enquanto me via chorar e unir as sobrancelhas dolorosamente lamentando a morte de meu EU lobo.

CAPÍTULO IV: O SONHO RECOMPENSADOR.

Naquele mesmo dia depois das aulas, John recebeu um trabalho importante e inusitado que lhe ocuparia e faria os amigos questionarem bastante.

- Um bebê...! – John falou pondo a criança sob a mesa de sinuca no deque do seu Iate. E Izake e Myo ficam surpresos com sua criatividade em arranjar desculpas para cabular o clube de artes. - Ela se chama Clara. Vou cuidar dela por enquanto... Acha que tudo bem substituir o berço por um aquário? Não tem berços no barco...

Myo torceu a boca em desagrado ao ouvir aquela ideia mirabolante do namorado. Ele queria entender como o tritão conseguiu aquele recém-nascido, mas ao olhar para a bolinha fofinha, ficou encantado. - Você não pode colocar um bebê dentro de um aquário... Eu posso dormir com ela... – Retrucou pegando a pequena no colo e a ninando.

Izake teve que se responsabilizar em descobrir a origem daquela criança. – Mas explica essa história direito para nós... O que foi que aconteceu para você aceitar cuidar de um bebê?

John totalmente inexpressivo segurou um chocalho para entreter Clarinha com o barulho. - Um amigo me pediu. Ele não encontrou uma babá a tempo e iria precisar sair... Então eu a trouxe pra cá! Ela não sabe falar ainda, então nem tentem se comunicar com ela... E ela não é igual aos gatos que falam quando estão sozinhos... Ela realmente é bem burrinha. Estou considerando leva-la pra alguma escola. – Declarou tornando evidente o quanto desconhecia bebes.

Myo riu baixinho com sua comparação e logo depois suspirou de cansaço. - É um bebê, bebês não falam... Não é porque ela não fala... É porque é muito novinha e não aprendeu ainda... – Explicou para os namorados enquanto Clarinha babava no seu ombro.

Izake chacoalhou o brinquedo perto de Clarinha e o barulho a fez sorrir e bater as maõzinhas. No entanto algo o preocupava bastante naquele momento. - Será que ela esqueceu como se cresce? - Começou a ficar preocupado.

John: Como ensina isso?! - Perguntou passando a se desesperar.

Izake: Eu não sei!

John: É melhor eu pesquisar no Google... Pensando bem, ela pequena assim é fácil pra carregar...

Izake: Sim, mas a menina vai ficar assim pra sempre?! Como que ela vai conseguir um emprego?!

John: Vamos deixar essa preocupação pros pais dela.

Izake: Falando nisso, quem são?

John: O Dennis e o Haesoo.

Izake: Não conheço.

John: Imaginei...

Myo já estava sem paciência ao ouvir a conversa ilógica dos dois e então tomou Clarinha dos braços de Izake antes que a menor absorvesse o baixo KI do mesmo. - Aliás, há poucas coisas que sei sobre você. De onde conhece esse tal Dennis? – Questionou para o Tritão.

John: Ele é amigo do meu pai. Os dois eram da marinha.

- Ah... Eu não conheci seu pai... Como ele é?

John: Eu tenho uma foto dele! - Dito isso foi buscar uma foto do seu pai. Ela era uma ¾ que carregava na carteira e sempre que a via, lembrava-se do quanto sentia saudades do mesmo.

Neste momento Myo se aproximou do moreno e mirou para a fotografia ficando surpreso com a semelhança entre os dois. - Parece com você!

John: Minha mãe fala o mesmo.

- O barco é dele? – Myo interrogou.

John: É meu. Foi minha herança.

- Herança?

John: Sim... Ele morreu quando eu tinha 7 anos. E eu herdei o Iate. Agora é meu.

- Ah... Sinto muito.

John: Tudo bem...

- Por mais que seja uma estória meio triste, você finalmente falou sobre si mesmo! – Myo confessou sorrindo meigo. Isso fez o maior corar e mirar para os lábios do feiticeiro questionando-se se seriam mágicos também.

Izake estragou o clima entre os dois percebendo um cheiro suspeito emanar da menina. - Ela esta fétida faz tempo... Acho que ela tem algum bicho morto na frauda.

John arregalou os olhos surpreso e encarou o outro. - Ela é uma serial killer? Mata bichos e esconde o corpo na frauda!

Izake concordou com o amigo. - Isso faz muito sentido pra mim!

E neste momento Myo se questiona como pode ser capaz de amar tanto duas pessoas tão idiotas. – Bicho morto? Como um bebê mataria um animal...? É um bebê, mal sabe andar. – Declarou fazendo os dois questionarem a respeito. Então Myo não teve outra saída senão ensina-los tudo sobre bebês. - Sentem-se, por favor... – Pediu e então John obedeceu primeiro e Izake sentiu que estava em desvantagem por isso.

Ao ver os dois se sentarem no chão, Myo colocou a bebê na frente deles. - Esse pequeno ser humano não é nenhum serial killer, e também não é burro por não saber fazer as coisas... Bebês quando nascem, são pequenos, frágeis e não sabem fazer quase nada além de chorar para pedir comida, para trocar a frauda ou para quando estão com dor... Ela ainda é uma recém-nascida então por isso ela é tão pequena... Geralmente recém-nascidos são assim... E quando a frauda está suja, é só tirá-la com cuidado e jogar fora... – Explicou calmamente já se arrependendo de ter cabulado o clube para isso.

Myo retirou a frauda da menina e a colocava dentro de um saquinho plástico. E depois levantou às perninhas dela e limpou sua bundinha com lenço umedecido. E seguidamente passou o talco. Izake e John acompanharam a aula de trocar Clarinha atentamente até Myo colocar uma frauda nova nela. - Prontinho... Agora ela está limpinha... Vocês prestaram atenção no que tem que fazer? É fácil.

John prestou bastante atenção àquela demonstração de pôr uma frauda. E com isso descobri da pior forma o que tinha de tão podre dentro daquela frauda de bebê. – C-como ela faz isso se só toma leite?! Ela literalmente só deveria urinar, sei lá...!

- Leite não faz só o xixi sair... E ela deve ter comido papinha de bebê antes de trazerem-na para cá... – Myo explicou enquanto entregava a bebê para os dois. E então desapareceu ao entrar no banheiro. Ele pós o saco com as coisas sujas do lixo do banheiro, e lavou as mãos enquanto se olhava no espelho. Ele encarou sua face levemente corada do sol depois de dias frequentando a casa/ Iate do John. O mesmo morava sozinho em alto mar, e apenas voltava para a terra para assistir aula.

Era uma vida fácil e sem estresses, e por isso Myo estava curioso do por que o outro quis um bebê se não sabia cuidar dele. Então quando voltou para a sala, resolveu perguntar. – Por que pegou ela para cuidar se não sabe nada de bebês?

John arfou em cansaço, um gesto que revelou o quanto estava exausto. - Por que o Dennis estava precisando... O marido dele estava com depressão pós-adoção... Ele não estava bem. O Dennis me mandou leva-la embora...

Izake: Depressão pós-adoção? Não sabia que isso existia. Pensei que só existisse o pós-parto. Minha mãe teve isso do meu irmão. É muito pesado. Ela precisou de terapia.

Myo uniu o cenho sentindo dó da situação do pai de Clarinha. - Depressão pós-adoção deve ser uma coisa difícil de ter... Já ouvi falar das crises de pânico, mas nunca vi pessoalmente... Eu espero que ele fique bem...

Myo seguiu até a pequena e a abraçou. - Vamos ajudar você a cuidar dela então... Já que estamos aqui... Conte conosco.

Depois de comer e ficar limpinha, Clara passou a dormir no aquário vazio, que John limpou e pós um travesseiro na base. E depois disso os três foram para a cama, descansar.

Assim que Izake dormiu, Bliker entrou na sua cabeça. Ele sabia que a porção fora usada e por isso devia entregar sua recompensa: Ficar sozinho com o Myo. Obviamente a chance de isso acontecer era mínima quando John estava sempre presente, então só restava invadir os sonhos do pequeno feiticeiro.

- O que está acontecendo?! – Izake questiona ao se encontrar em um limbo entre consciência e sonhos nebulosos, sem forma.

- Eu vim lhe entregar sua recompensa... Entrar nos sonhos do Myo e... Bom, digamos que você decidirá o que vai acontecer. Então? O que acha?

Apesar de ser apenas em sonhos, Izake aceitou sua recompensa acreditando entrar em um mundo cor de rosa e princesas encantadas. No entanto quando entrou na ficção criada pelo subconsciente de Myo, ele percebeu que nada seria como esperava.

Izake estava de armadura e espada na mão. Ele entrou em uma espécie de guerra medieval com direito a apocalipse zumbi e meteoros despencando do céu. - *POR QUE O MYO SONHA ALGO TÃO TERRÍVEL?! E ONDE ELE ESTÁ?!* – Gritou enquanto corria dos zumbis que tentavam pega-lo. - MYOOOOO! ONDE VOCÊ ESTÁA-AAAA?! - Esbravejou em desespero e pouco depois topou em um rastro de asfalto elevado e caiu no chão de cara perdendo a espada. A mesma voou alguns metros à frente e fora soterrada por um meteoro.

O humano estava totalmente indefeso e sem quaisquer chances de vencer os mortos-vivos ou se esconder das gigantescas pedras que entravam na atmosfera terrestre. Tudo que lhe restava era tremer e chorar por sua vida. – Myo... Cadê você?!

De repente o feiticeiro aparece montado num cavalo castanho. E por onde saia parecia brilhar, no entanto era apenas a calda do cometa vindo em sua direção. Ele, usando uma lança magica, cortou o meteoro ao meio e o mesmo partiu-se em dois e cada pedaço voou para lados opostos abrindo seu caminho.

Myo galopa até o ser desprovido de poderes que chorava em posição fetal no chão. E então parou em sua frente. - Você está bem, Forasteiro? - Questiona. E Izake levanta o olhar encarando o dono daquelas palavras. E então ficou chocado por ele parecer tão valente e heroico naquele sonho.

- P-por que você está vestido assim!? – Izake questionou ao levantar-se do chão.

Myo reconheceu o outro, no entanto não tinha tempo para conversar, havia zumbis por toda parte. O feiticeiro rapidamente cravou sua lança na cabeça de um morto-vivo que estava prestes a atacar seu amigo.

Ao sentir o sangue de zumbi respingar em sua armadura, Izake assustou-se e inevitavelmente gritou fino feito uma garotinha.

Myo sentiu vontade rir, mas segurou-se. - Fique atrás de mim e me siga... Levarei você até um lugar seguro... – Mandou soando serio demais.

Izake não sabia como enfrentar os zumbis, além de perder a espada pouco antes, então não teria os meios de sobreviver não fosse por Myo. Isso fazia Izake questionar o que aconteceria se morresse na mente do mago, algo que provavelmente o impossibilitaria de voltar para seu corpo. Então o humano inevitavelmente correu em desespero. Myo galopou atrás dele e o ajudou a subir no cavalo quando o alcançou.

Os dois seguiram para uma casa abandonada. Izake foi o primeiro a entrar e então ver que a casa se tratava do lugar que o feiticeiro morava, isto fez o humano perceber que o mesmo poderia sentir falta de sua casa, já que sempre estavam no iate de John. Enquanto ele pensava sobre isso, Myo ficou de guarda na porta vendo se mais zumbis entravam.

Izake se aproximou e passou a faz carinho no seu alazão. - Você... Você sente saudade da sua casa?

- Por que diz isso?

- O que fazemos dentro dela então?

- Vim para cá por que esse lugar está completamente blindado. Os zumbis não vão entrar... Mas o que faz no meu sonho? – Dito isso abaixou sua lança e encostou-se à parede da casa.

- Eu queria um momento a sós com você... Mas eu não sabia que seu sonho era tão pesado ou teria sugerido você vir pro meu... Desde quando sonha tanta coisa assustadora assim? Isso aqui por acaso é um pesadelo? – Izake confessou corando de leve por estar tomado pela vergonha. - Acho que... Eu entrei em um momento bem ruim né? Não sabia que estava em guerra. Parece algo bem sério comparado ao meu desejo fútil de namorar.

Ao ouvir as declarações do namorado, Myo arfou em cansaço. - Entendo agora, eu sinto muito por isso. - Como nenhum zumbi estava à vista, ele fechou a porta da casa e soltou a lança no chão. Myo retirou a armadura que usava colocando-a no chão juntamente com as botas, restando em seu corpo apenas uma camisa e calça de aspectos antigos e rústicos tornando sua aparência mais madura e sexy que o normal. - Você não precisa se segurar aqui...

Izake estava tentado a aceitar, mas algo o incomodava quanto a isto. - Mas e a guerra? E-eu... Eu não sei por que, mas acho que se te ocupo com os amassos, podemos ser mortos a qualquer momento.

- Os zumbis são lentos e se atraem pelos sons... Então se não fizermos barulho, eles não vão nos perceber... - Myo seguiu até o mais alto e abraçou seu pescoço.

- Esta tão diferente... – Izake comentou quanto à Myo tomar a iniciativa e abraça-lo.

Myo sorriu de maneira encantadora parecendo totalmente natural para ele fazer isso. - Esse tempo todo você estava tentando culpar John por não termos feito nada de namorados, mas a verdade é que meu EU fora do sonho é extremamente tímido... Você sabe disso... Não vai ter essa chance outra vez...

Ao ouvir isso, Izake estava começando a ver vantagem no mundo dos sonhos. Além de que Myo também era uma gracinha ali, com seus trajes de época e coragem de encarar os monstros. Então não perdeu mais tempo com conversas e passou a tirar a própria armadura. Ao restar apenas suas as vestes intimas, Izake puxou o mais baixo e o beijou reparando que o Myo dos sonhos beijava divinamente.

O feiticeiro descaradamente envolve as pernas em sua cintura enquanto as coisas começavam a esquentar. Izake sente a sua ereção criar vida aos poucos, e a cueca começar a aperta-la. Ele começou a abrir o primeiro botão e antes que pudesse descer seu zíper, o mais alto ouve passos declarando que os dois não estavam a sós naquele casarão. De repente um príncipe elegantemente trajado surge descendo as escadas, e Izake percebe a semelhança entre ele e o John.

Príncipe: O que esta acontecendo aqui? Explique-se agora mesmo, Myo! Este homem esta te forçando a fazer isso?

Izake rapidamente o largou como sempre quando John aparecia, tentando evitar uma briga no trisal.

- N-não está me forçando... Não é nada disso que está pensando... – Myo declarou nervosamente sentindo o desespero de Izake naquele momento.

No entanto, por mais que fosse uma copia mais elegante e charmosa de John, Izake lembra que aquela era a sua recompensa. Então deixou o medo de lado, e resolveu defender seus direitos. - Myo quer dar amassos! E se você não quer, então vaza!

Príncipe: Se quer o Myo, deve lutar comigo!

- Ta pensando o que?! Myo não é um prêmio!

Príncipe: Eu não te deixarei ficar com Myo sem lutar!

- Ele não é um objeto! Ele tem a própria opinião e vai escolher quem gosta mais! Vamos deixa-lo fazer isso!

Príncipe: Myo, com quem quer dar amassos?! Comigo ou com ele?

Myo olhou para os dois completamente em pânico, *o que eu vou fazer? Tenho que escolher agora?*

- N-ninguém vai lutar aqui... Porque eu tenho que escolher...? Não pode ser os dois? - Disse passando a mão em sua nuca e suspirando. - Vamos fazer a três... Não tem motivo para brigar aqui...

Izake estava incrédulo com o que acontecia. *Até aqui isso?! Quando não é o John pra me atrapalhar, é esse príncipe de meia tigela!*

- Como se esse príncipe ai quisesse fazer a três! Ele deve ser um tédio igual ao John!

Pra a total contradição, o príncipe passou a tirar suas roupas fazendo ambos corarem. - O-ooooo que tá fazendo?! – Izake questiona ficando ainda mais desacreditado.

Príncipe: Não vamos fazer?

Pensei que ele fosse igual ao John, mas até que é bem diferente...

De repente o príncipe se aproximou de Izake e depositou um selinho em seus lábios. - Agora fica quieto, e vamos brincar com o Myo. - Disse soando bem sexy.

Izake engoliu a seco.

O feiticeiro mordeu o lábio vendo o beijo dos dois, e se sentindo tão quente que poderia ter uma ereção sem muito esforço, Myo tirou suas roupas e ficou apenas de boxer igual ao príncipe. E então abriu uma porta que dava para o quarto do iate. Ele passou primeiro e deitou na cama que os três sempre dividiam. - Venham... Podem brincar comigo o quanto quiserem... - Disse enquanto deixava seus braços acima da cabeça esperando os mesmos.

Izake sentiu o príncipe por a mão em suas costas. – Você primeiro... – Disse sugestivamente lhe permitindo fazer com Myo, enquanto os assistiria. Izake engoliu a seco sentindo seu coração pulsar rapidamente de felicidade. Ele estava salivando com a ideia de isso acontecer e sem demorar correu para o quarto e subiu na cama. O príncipe entrou no quarto também e fechou a porta. E então deitou na cama para assistir aos dois enquanto beijava e acariciava Myo.

Izake também beijava o feiticeiro e resvalava a língua em sua axila, descendo para seus peitinhos e os chupando. Myo gemeu sendo abafado pelos lábios do príncipe contra os seus.

Em meio ao prazer e excitação tremenda que Izake sentia, Clarinha acorda a todos chorando de um jeito escandaloso... *Nada me tira da cabeça que ela é má e sabe falar, mas chora de propósito.*

John levantou primeiro entre os três. - Ela parece até uma sirene... Alguém sabe como desliga-la?

Myo acordou logo depois, mas queria poder voltar a dormir. - Calma... Ela esta chorando assim por que deve estar com fome... – Respondeu com tom sonolento na voz.

Izake, agora acordado para a vida real, quis morrer. - Droga! Era a minha recompensa! A sua bebê malvada e cruel estragou tudo por que é uma psicopata! – Disse lacrimejando enfurecidamente.

- Está com fome também? – John sugeriu pensando que poderia ser o mesmo problema da Clarinha.

- Sim! Eu ia comer o Myo se ela não tivesse atrapalhado tudo! – Izake revidou chorando em angustia.

Myo corou ao ouvir o que falou.

John perdeu a paciência ali. - Como pode confessar um sonho erótico desses pra todo mundo ouvir?! Eu estava dormindo do teu lado, cara! Que otário! – Dito isso puxou a mão do Myo para afasta-lo daquele pervertido. - Vai se tratar! – Mandou saindo dali.

Antes de ir também, Myo pegou a bebê em seu colo para saber o que havia acontecido com ela. E tentou nina-la para que ela parasse de chorar.

Enquanto isso, um pouco longe dali, eu havia me acalmado mais e Yohan estava segurando minha mão e me guiando pra andarmos. Estávamos seguindo para a casa do Myo. Descobrimos o endereço dele e agora iríamos acha-lo.

Obviamente o Yohan poderia me largar ali e correr pra poupar tempo por que eu não tinha mais super velocidade. Contudo ele não queria me deixar. Ele estava me puxando pra todo lugar que íamos.

Após quase uma hora caminhando, o GPS do celular de Yohan indicou ser aquela a casa de Myo. Para a minha surpresa era tão grande quanto à escola, se é que fosse possível.

Eu sentia uma vibração estranha sair daquela casa, como se não fosse uma residência normal.

- Essa casa... Ela está blindada por um campo protetor... É impressionante. – Yohan comentou para mim contribuindo com minhas suspeitas. – Não posso entrar... Ela pode me matar se eu tentar fazer isso, é sem duvidas algo construído para erradicar qualquer criatura não humana que tentar passar.

Fico de queixo caído percebendo que a família de Myo poderia ser tão poderosa ao ponto de colocar um campo de força em tempo integral em uma casa enorme daquelas.

Yohan tocou o interfone e uma espécie de mordomo nos atendeu. Ele tinha uma voz cansada e madura o suficiente para percebermos se tratar de alguém já idoso. – O que desejam?

- Myo está?

- Só um instante... – Pediu e então ouvimos a chamada ficar muda por um tempo.

De repente do interfone é emitido uma voz feminina e elegante. – Roges me informou que querem falar com meu filho... São amigos dele?

Eu neguei, esquecendo que ela não poderia nos ver. E então falei: - Na verdade, somos do mesmo clube!

- A senhora é a mãe dele? – Yohan questionou de repente.

- Sim, chamo-me Hecate.

Engoli a seco. - Hecate...!? Uau!

Não deve ser a feiticeira das lendas, certo? Deve apenas ser uma homenagem a ela. Não pense besteiras, Dwight!

- Eu queria falar com Myo, ele está? – Pedi soando nervoso e preocupado.

Hecate logicamente ficou preocupada. - Pensei que ele estivesse na escola.

- Não... O vimos sair com o Izake e John.

- Hum... Entendo... Então ele não esta em um grupo de estudos na escola? – Interroga soando desconfiar da relação do filho com os dois garotos supracitados.

- Eu não sei muito sobre ele. Fazemos parte de um clube de artes. E lá nos conhecemos. E daí ele me deu uma porção mágica que me fez virar humano!

Hecate pareceu ter rido de minha estória, mas não dava para ter certeza através do interfone. Ela era muito misteriosa, e sua voz tinha um leve tom sombrio. - Eu logo senti... Você não está mais VOCÊ mesmo... Era um lobo, correto?

Assenti novamente esquecendo que ela não poderia ver, no entanto ela pareceu ter percebido que concordei.

- Não sabia que meu filho fazia porções... Ele... Nunca quis aprender. – Hecate soou como uma decepção antiga.

- Eu não sabia também. – Revidei.

- Vou usar um feitiço de localização pra o encontrarmos logo! – Sugeriu, e eu rapidamente percebi que Myo herdou a magia dela. Então quis pedir ajuda.

- Obrigado, mas a senhora não pode resolver o nosso problema?

- Ele quem criou essa situação, ele quem cuide. – Retrucou fazendo-me entristecer e abraçar Yohan para me consolar.

Enquanto isso, Myo sentou no sofá do deque com a bebê em meus braços a ninando. Ainda sentia sono, mas seguraria, por que John não conseguia lidar com a criança, sozinho. Ele sequer sabia como alimenta-la, muito menos Izake. Contudo estava anoitecendo, e o feiticeiro sabia que não poderiam ficar com a pequena pra sempre. – John, quando você vai devolve-la para os pais? - Perguntou tocando o narizinho dela. E então ri baixinho quando a mesma o segurou.

- Eu não sei quando vou devolver... Estou esperando Dennis ligar pra mim... aliás, onde eu deixei meu celular? – John falou passando a procurar por seu celular. Ao encontra-lo dentro de sua mochila, ele percebe que o mesmo estava descarregado. - Caramba...! – Dito isso rapidamente o pós para carregar. - Acha que ele tentou falar comigo? Eu esqueci completamente de carregar o aparelho.

- Ele pode ter te ligado... Acho que ninguém quer ficar tanto tempo longe de seu bebê... – Myo retrucou.

A maresia e anoitecer trouxeram o ceifador até a parte litorânea daquela cidade. O mesmo estava trajado em um paletó negro passado e gravata e camisa interna, brancas. Dennis estava com um cigarro aceso em sua boca quando chegou ao Iate de John, que, por sorte, estava ancorado no porto de sempre.

O demônio da morte naturalmente recordou a ultima vez que esteve naquele lugar, fora quando precisou levar a vida de seu melhor amigo, Arthur. Então uma nevoa negra se forma no céu fazendo-o nublar, igual estavam os sentimentos tristes de Dennis ao lembrar-se do pai de John. Ele recorda que o amigo era um aventureiro. Uma pessoal totalmente apaixonada pelo mar, tão obcecado que se casou com uma sereia.

Dennis desceu de seu Porsche e andou até o iate. No caminho encontrou com uma senhora realmente muito linda acompanhada de dois garotos do ensino médio.

Ela o encara meio atravessado e Dennis tentou não se sentir intimidado por isso, visto ser tão misterioso e fatal quanto ela poderia ser.

Por coincidência eles seguiram a mesma direção, tendo como destino o Iate de John. Obviamente iriam falar sobre isso, mas abusando de classe e arrogância. - Sabe de quem é o Iate? - Ela me pergunta um tanto impressionada com o belo iate.

- Do John. – Dennis responde tirando o cigarro da boca e soprando uma fumaça acinzentada que rapidamente se dissipou no ar.

- John esta aqui também? – Perguntei atraindo a atenção daqueles dois. Contudo Dennis não respondeu e Hecate me ignorou de proposito.

Usando magia, Hecate fez a escada do iate descer para subirmos, e Dennis se recusou a aceitar a ajuda dela, e apenas levitou com seu poder demoníaco, para subir no barco também.

Aqueles dois entram primeiro no Iate. E logo depois Yohan e eu. E então me deparo com o ambiente ao redor, era tão confortável que arremetia a uma casa, mas a bagunça e desorganização entregava que só tinham adolescentes morando.

Enquanto isso, em outro cômodo do barco, Myo sentia suas mãos doerem por segurar Clarinha, então deixou a mesma com Izake por alguns minutos e abriu a porta do quarto onde estavam. Ao fazer isso, Myo depara-se com todos nós, e principalmente sua mãe. Antes que pudéssemos vê-lo, ele rapidamente fechou a porta com os olhos arregalados. *O que ela estava fazendo aqui?*

- John... John... Tem pessoas aqui... O Yohan e o Dwight estão aqui juntos com minha mãe... O que minha mãe está fazendo aqui? - Praticamente sussurrava para o mesmo, temendo que ela o encontrasse. E então engoliu em seco se sentando sobre a cama.

John olhou para Myo. - Será que ela descobriu sobre nós três?!

- E se ela veio buscar Myo?! – Izake se assustou.

- Rápido, Myo! Tem que se esconder!

Izake lhe entregou Clarinha para fazer companhia a ele. - Esconda-se com ela. E então será uma coisa a menos pra explicar pra sua mãe.

Myo estava apavorado. *Será que ela descobriu?* Ele temia

pensar que Hecate o proibisse de ver seus namorados. – E-está bem, eu vou me esconder... – Dito isso aceitou a bebê em seus braços e correu para o banheiro, trancou-se lá dentro, e sentou sobre a tampa do vaso enquanto se encolhia mordendo seu lábio apreensivamente. Estava tão assustado que seu coração disparava. *Será que eles conseguiram segura-la e convencê-la de que eu não estou aqui?*

Enquanto isso Dennis rapidamente sentiu a presença dos garotos. E se direcionou para a portinha no deque, onde a forçou até abrir. E então aquele demônio depara-se com John e Izake caídos no chão por tentarem impedir sua entrada.

O ceifador mirou John com uma expressão intimidadora fazendo Izake sentir calafrios percorrer seu corpo. No entanto o Tritão não tremeu nenhum pouco e isso fez um sorriso de agrado brotar nos lábios carnudos daquele demônio poderoso. – Você nunca muda, não é mesmo? – Comentou soando animado com o desafio.

John concordou e então levantou do chão mostrando-se destemido. – Por que invadiu o meu Iate?! Isso dá cadeia! Posso ligar pra polícia! - Bufou em deboche.

- Sabe muito bem que não pode chamar a polícia pra cá. – Dennis revidou soando trabalhar com algo ilícito.

- É melhor mesmo não envolvermos a polícia... – John retrucou sabendo das drogas escondidas no barco.

- Por quê? Eu não entendi. – Izake contesta.

- Onde está o meu filho? – Hecate entrou no ambiente lançando seu olhar intimidador para John. O mesmo não reagiu a nada, mas Izake novamente perdia a habilidade de lidar com a tremedeira nas canelas.

John: E quem séria a senhora?

- Chamo-me Hecate! Sou mãe de Myo. – Declarou fazendo os dois rapazes engolirem a seco e ficarem nervosos.

Eu e Yohan entramos depois, e deparamo-nos com John e Izake juntos. E rapidamente refleti que era impossível para os dois não se matarem, necessitando de Myo para impedir. Então se ambos estavam vivos, significava que o feiticeiro poderia estar em algum lugar do barco. - Onde o Myo está?!

Hecate se pronunciou quanto a isso também. - Só saio daqui quando meu filho aparecer.

John franziu o cenho em desagrado. – E-ele não tá aqui!

A feiticeira sorriu de lado mostrando-se incrédula com aquela resposta. - Eu usei feitiço de localização! Ele está aqui sim!

Izake sentiu o clima pesar com aquela conversa, e por isso tentou se mostrar mais corajoso que o normal. - Eu não me importo! Myo não esta aqui! E nem a Clarinha! É melhor irem embora!

Aquela ordem dos relés humano deixou Dennis estressado. - John! - Clamou nervosamente. - Onde está a minha filha?! – Questiona em tom ameaçador.

John sabia que não poderia enganar seu tio, então correu até o mais velho e o puxou pra cochichar sobre isso. - Ela está com o Myo... Mas o Myo não pode aparecer por que a mãe dele não pode saber que ele está aqui!

- E por que não?! – Hecate questionou parecendo conseguir escutar a conversa.

- Ela vai brigar com ele! – John respondeu para a mesma, e então notou seu erro.

Era praticamente impossível esconder algum segredo da bruxa. E está parecia disposta a torturar quem fosse preciso para forçar o filho a aparecer. Dennis sentiu que o afilhado estava em perigo e resolveu defende-lo se fosse preciso. – Há muito tempo, prometi ao pai deste rapazinho que cuidaria dele... Então é bom não tentar nada. – Dennis comentou soando ríspido.

Hecate semicerrou os olhos e liberou sua energia branca,

que fez a maioria das criaturas magicas presentes ficarem para-lisadas de medo. Dennis não ficou atrás e liberou seu miasma negro que competia com o dela. Ambos travavam uma guerra com olhares hostis e atravessados um para o outro. E faltava ape-nas uma atitude para começarem a lutar.

Já estava ficando perigoso demais para ficarmos ali, então puxei Yohan para fora daquele quarto. - É melhor eu voltarmos...

Yohan concordou mostrando-se fraco demais para perma-necer naquele lugar. Então o ajudei a descermos do barco. – Mas como vai explicar aparecer assim para os seus pais? – Questiona-me.

- Eu volto sozinho pra casa ou vão te culpar e te caçar... Eu conheço os meus pais. Se eu for sozinho e explicar as coisas, eles vão entender... Aliás, não é culpa de ninguém. O Myo quem não sabe fazer feitiços direito... - Bagunço de leve seu cabelo.

- Não... Eu quero ir com você... Eu estou com um mau pres-sentimento... - Murmurou enquanto abaixava a cabeça.

Neste momento o abracei e beijei sua testa. – Eu prometo que vai ficar tudo bem... Eu juro que voltarei pra você...

- Está bem... Eu vou te esperar... Então volta pra mim logo... – Rogou.

Eu contemplei seu olhar preocupado aquele dia. Eu não compreendia por que ele temia tanto por mim ou se isso tinha algum fundamento.

Pouco tempo depois eu fui para casa. Já estava anoitecendo quando entrei na reserva dos lobos, um lugar que mais nenhuma criatura não-loba tinha coragem de invadir. A floresta parecia mais fria do que lembrava e eu tive que abraçar meu peito para me aquecer. Eu me tremia sem perceber e meus dentes passam a ranger.

Estava escuro, mas conseguia ver um pouco ao redor gra-ças a lua. Ela estava cheia, tão grande que parecia inchada como um balão prestes a explodir. Eu vejo logo ao longe olhos prata me encarando. Eu me aproximo mais, e vejo se tratar de meu pai em sua forma de lobo. Eu tentei falar com ele, mas ele não me compreendia. Ele sequer parecia me reconhecer. E então lembrei que meu cheiro poderia estar diferente por causa da transformação. Eu começo a me tremer, mas não era mais de frio.

Eu sinto estar cercado e sem nenhuma saída visível. Apenas lobos me farejando e incapazes de me reconhecer. De repente as nuvens cobrem a luz da lua deixando tudo mais escuro para mim. No entanto, graças a isso, pude ver os olhos naturalmente iluminados dos lobos, encarando-me. E assim eu pude encontrar uma saída dali, uma direção sem aqueles olhos mirando-me.

Eu passo a correr em toda velocidade. Sabia que não adiantava conversar com eles, e que só queriam me devorar.

Obviamente minha velocidade nem se comparava à de lobos, e no caminho fui mordido. O lobo me fez cair no chão e tentava deslocar meu ombro com os dentes. Eu não era forte para impedir, mas pensei rápido, usei um tronco de arvore para bater em seu olho e fazê-lo me largar. Voltei a correr, tentando despistar os lobos, mas estava com o ombro sangrando e deixando rastros pra me caçarem.

Eu sabia que eles iriam me matar se me encontrassem.

Estava de noite e sem minha visão noturna eu não conseguia ver quase nada ao meu redor. Galhos batem em meu rosto, piso em poços que me deixam bambo. Fico sem equilíbrio muitas vezes e já era minha terceira vez escorregando e caindo.

De repente uma loba toma a minha frente e então rosnava pra me meter medo. Ela sequer precisou mostrar os dentes para me deixar assustado. Os outros lobos saem das sombras mostrando que nunca tinham me perdido de vista. Eu estava cercado e...

A loba me ataca. Eu grito bem alto. Sinto mordidas em mim. Comendo meu corpo... Minha pele era rasgada... Eu estava sendo devorado. Eu era a presa deles e iria morrer aquela noite.

CAPÍTULO V: A PERSONIFICAÇÃO DO CHARME.

Yohan relaxou um tempo na banheira sentindo seu corpo mais frio que o normal. E então vestiu a farda da Midhigh contemplando seu reflexo pálido no espelho. Pouco depois pegou seu guarda sol e óculos escuros, saiu de casa e foi caminhando ate sua escola. O caminho como sempre bastante ensolarado, algo que poderia mata-lo se não tomasse precauções. De qualquer forma, ele não precisava mais ir para a escola naquele turno, pois o pai lhe liberou deste castigo.

Contudo, na esperança de me ver todos os dias, Yohan continuou frequentando a escola naquele horário. E na sala, Bliker sentou ao seu lado. Obviamente acreditava que qualquer um adoraria sua presença. - Que dia ótimo não é? Também acha isso...? Gostaria de sair comigo depois da aula? Estou pensando em comer alguma coisa, e é você! Brincadeira! Eu quero que você e eu tenhamos uma boa relação e que conheçamos mais... Sabe como é difícil fazer isso na escola? Quando tem tantos querendo falar comigo? Fico sem tempo pra você...

Yohan levou seu olhar cansado para Bliker demonstrando que não estava com muito ânimo para suas brincadeiras. - Esse dia está uma merda de qualquer jeito... Mas sair com você? Bem... Não sei exatamente o que você está pensando... Mas se quer tanto falar comigo podemos ir em qualquer lanchonete que não bata muito sol... – Retrucou na tentativa de dispensa-lo de uma vez por todas naquele encontro.

No entanto Bliker não iria desistir tão fácil. - Adoro esse tipo de lanchonete! Vamos depois da aula então? – Disse pondo a mão sobre a sua. E notando que o outro estava mais pálido que o normal pensou que estivesse sofrendo de anemia, e havia apenas um jeito de cuidar disso. - Já provou sangue de demônio antes? Está interessado? – Sugerido isto cortou de leve o seu pulso. Um pouco de sangue preto fedendo a esgoto e carniça brota de seu corte, e era tão podre que emitia gás enxofre. - Fica à vontade chuchu! Tem bastante pra tu!

Yohan estava enojado por aquele cheiro podre e aparência questionável, mas pela fome ele poderia ceder e tomar desse sangue negro se o outro insistisse demais. - Eu... Não quero obrigado...

- Coale? Da só uma provadinha... Garanto que vai gostar! - Pediu sendo bem amável. E então aproximou o pulso esperando que o outro tomasse. - Vá em frente. Beba tudinho.

Ele estava insistindo de mais e seu pulso estava tão próximo do rosto de Yohan que ele estava com cede... Então não conseguiu resistir por mais tempo. O vampirinho levantou seu olhar engolindo em seco... Segurou seu braço e então mordeu o pulso alheio fechando meus olhos... *Que gosto era esse? Era como se fosse algo totalmente diferente do cheiro... Nada se igualava ao sangue de Dwight, mas... Eu estou morrendo de cede... Mesmo o pior sangue do mundo se transforma em uma refeição.*

Bliker estava feliz por ele ter gostado do seu sangue, apesar da aparência ser horrível, ele era normal, como um sangue comum.

Após uns minutos, Yohan retirou os dentes de seu pulso passando a língua sobre o sangue... Estava com tanta cede, que parecia não ter tomava isso há milhões de anos.

- Eu quero mais...

- Ora, ora... Já me disseram que nosso sangue é usado na

síntese de drogas pros vampiros... Então não é atoa. – Dito isso levantou. E puxou Yohan para ir com ele. Ambos seguiram para a sala do clube de artes, que sem Bliker, ninguém se interessava em desenhar. Bliker abriu os botões da blusa e o chamou pra morder seu pescoço. - Chupa forte, gato!

Yohan sentia que aquilo já passava dos limites, mas estava sedento por aquele sangue imundo. Então o vampirinho subiu em seu colo rapidamente e mordeu o pescoço alheio engolindo aquele sangue em goladas rápidas.

Bliker sorriu apreciando a sensação de alimentar seu noivo gatinho, mas com o tempo passando, ele sentia medo que o menor tomasse todo seu sangue. - Não vai soltar? Baby? – Disse notando que ele não queria largar... O demônio teve que afasta-lo à força. - Você queria me matar por acaso?! Seu esfomeado... – Praguejou acertando-lhe um peteleco na testa. - Gosta tanto assim do meu sangue? Taradinho!

- V-você é um demônio... Não iria morrer por conta do sangue... – Reclamou em indignação e ao perceber onde estava sentado, Yohan rapidamente se levantou e sentou na cadeira ao lado. - F-foi só uma questão de fome... Eu não sou tarado...

Bliker sorriu de lado enquanto fechava a camisa. - É tarado sim e está doido pra me comer todinho – Comentou de maneira safada depositando um beijo rápido em sua bochecha. - Se quer saber, eu também tenho muito tesão em você! Eu te quero de-mais! – Disse e novamente lhe acertou um beijo em sua boche-cha. - Será que te convenço um dia de me escolher?

Apesar de aquele sangue ser delicioso, e o Succubus, bas-tante atraente e charmoso, Yohan seguia resistindo à tentação. - Não... Você não vai conseguir me convencer! Porque eu amo o Dwight! E no inverno finalmente poderemos fazer nosso ninho...

Aquela confissão pareceu ter efeito contrario no demônio do charme, fazendo-o rir divertidamente. - Ninho? – Questiona gargalhando de rir. – É sério que vão esperar o inverno chegar pra acasalar? – Completou rindo mais. – Sabe por que eles esperam o inverno? Por que é quando as lobas estão ovulando... Você nunca vai ovular, bobinho. - Belisco a sua bochecha alheia. - Não tem que esperar... Aliás, que coisa antiquada ninhos... Os lobos são mesmo muito tradicionais! Chega a ser um tédio não é?

Yohan estava começando a se irritar com aquela conversa e isso o ajudou em sua resistência a se entregar ao charme alheio. - Eu sei disso... – Revidou esfreguei a mão na bochecha quando o mesmo a beliscou. - Mas ele me aceitou mesmo que não pudesse ter filhos comigo... E eu não acho antiquado... Eu quero esperar até o inverno... Vai ser a primeira vez de nós dois... Vai ser algo especial... – Jurou, e então Bliker perdeu seu sorriso, por que finalmente compreendeu que a luxuria era imbatível contra o poder do amor verdadeiro. Então conquistar o vampirinho virou um desafio para si.

Bliker puxou o braço do menor e o impediu de seguir. - Você será meu! E quanto mais cedo aceitar isso, melhor vai ser pra você!

O albino virou o rosto perante aquelas palavras e então o fez solta-lo. – Nunca mais toque em mim... – Declarou antes de sair apressadamente da sala.

Yohan sabia que não poderia convencer o demônio de desistir, então resolveu encontrar-se com seu pai, e convencê-lo a reconsiderar.

Após as aulas, o vampirinho pediu um transporte pago para a casa dos pais na parte noturna da cidade, que nunca é visitada pelo sol graças a um feitiço. A região era considerada a mais promissora e desenvolvida da cidade, e também a moradia dos seres mais ricos do país.

O prédio que seus pais moravam era o mais alto dali, e Yohan bufou em desagrado ao concluir que era impossível enxergar o topo. Ao passar pelas portas, o mordomo prontamente aproximou-se para recebê-lo. – Jovem mestre, o que faz aqui?

Yohan revirou os olhos ao ouvir a voz do maior baba-ovo de seu pai. – Não te interessa, Klaus. Onde está o meu pai!? – Questionou sendo respondido logo depois. E então pegou um elevador para o andar que o mais velho se encontrava.

Sequer levou muito tempo para chegar. Caminhou em um corredor vermelho em direção a uma porta única. E ao abri-la, encontrou o pai em sua cadeira de sempre lendo alguns papeis que pareciam importantes. Yohan não ligava para os diversos e misteriosos trabalhos que poderiam envolver toda aquela diversa papelada, mas notou uma pasta intitulada "Lobinho". Isso o atraiu e então a pegou passando a perceber se tratar de informações sobre mim.

Yohan decidiu ficar com aquela pasta para ler depois. – Se fez isso, deve saber o porquê de minha visita, certo? - Questionou fazendo o pai mira-lo.

Vladi concordou e então lhe mostrou sua melhor expressão de desprezo. – Já imaginava, ainda mais depois de conhecer o seu querido noivo... Escolhi o mais atraente do rebanho. Só pra te agradar... Disponha!

O vampirinho revirou os olhos. - Nossa... Muita consideração a sua em... Era o mínimo que você tinha que fazer já que praticamente colocou essa responsabilidade nas minhas costas... Mas eu não vou me casar com o Bliker... - Disse passando a mão na testa e suspirando pesadamente. - Eu não gosto dele... E também, não gosto da forma como você quer me envolver em seus "projetos", me deixando de fora disso.

Vladi voltou a mirar seus papeis, como se não se importasse com a opinião do mais novo. - Infelizmente não tem escolhas... Neste momento crítico é crucial apoiar seus aliados em potencial. Aliados milenares (demônios)... Realmente preciso desta aliança!

Yohan ficou tomado pela fúria por ser ignorado daquele jeito e então foi até a mesa do outro e empurrou seus papeis e objetos que estavam atraindo a atenção do mesmo. – Escuta aqui! Eu estou em um relacionamento... Eu não posso me casar assim... Eu amo a pessoa com quem eu tenho uma relação. Não posso fazer isso com ela. E nem comigo. Eu não sou mais uma criança. Eu posso ter minhas próprias escolhas!

Vladi levantou de sua mesa totalmente bagunçada e resolveu se dar uma folga. E então seguiu até sua mesa de drinks e serviu dois copos de sangue suíço de alto valor. E ofereceu o outro copo para o menor. – Essa pessoa que esta namorando... É inimiga dos demônios... Sabe o que isso representa?

- Não importa o que pode representar para os outros! Meu namoro não é da conta de ninguém!

O mais velho pareceu refletir sobre isso enquanto saboreava o drink avermelhado em sua taça de cristal. - Eu lembro bem de você dizer o mesmo daquele Tritão pé-rapado, idiota... E então ele te traiu. Por que continua insistindo nisso? Hummmm? Gosta de me deixar louco? – Retrucou fazendo Yohan se sentir acoado. - Proposta, vai casar com o demônio fofinho, e depois, desta maldita guerra eminente, você separa e daí fica com o seu namoradinho bobo. Fechado?

Yohan abaixou a cabeça desviando o olhar. Ele lembrava como se sentia quanto ao seu ex, mas sabia que não chegava aos pés do que sentia por Dwight... Ele realmente queria ficar comigo pra sempre. Contudo a proposta não era ruim, e seu pai prometeu que seria só até a tal guerra acabar. - Está bem, mas eu vou acabar com tudo assim que isso tudo acabar entendeu? Eu não quero ficar com aquele demônio... Ele é muito egocêntrico! Chega a me deixar cansado...

Vladi sorriu em agrado, sendo tão bom com as palavras, soube exatamente o que dizer para convencer o filho. - Quando a guerra acabar pode fazer o que quiser! Inclusive, a guerra ainda nem começou, então pode namorar o lobinho por mais um tempinho... Alias, traga-o aqui! Quero mostrar pra você que apoio seus gostos! E que sou um bom pai! – Confessou terminando seu drink.

Yohan ficou agradecido pelo mais velho tentar apoia-lo, e então tomou a bebida que o outro ofereceu. – Já que insiste, eu vou trazê-lo aqui... Assim que conseguir encontrá-lo... - Murmurou lembrando que eu não apareci na aula aquele dia. - Pai... Você me ajude a encontrá-lo...? Por favor, estou preocupado... Ele tomou uma poção para não se esquecer de mim, mas acabou virando humano... E ontem ele foi para a alcateia dele e não voltou mais... Eu estou com um mal pressentimento... Me ajuda...?

Vladi escutou sua estória e ficou impressionado com a ingenuidade de seu lobinho. - Quer dizer que ele é humano agora...? E voltou pra alcateia? Nunca mais deu as caras, e isso te cheira estranho? Querido... Lobos devoram humanos. Sabia? Eles provavelmente odiaram a presença do seu namorado. Eles odeiam outras raças invadindo seus territórios. São altamente territorialistas e arrogantes! E se o seu namorado não apareceu ainda, pode ser que... Tenha sido devorado. – Confessou retirando o copo vazio das mãos do filho antes que o mesmo quebrasse sua taça preferida.

O vampirinho ficou perplexo sentindo-se assustado e em agonia. Tudo que seu pai havia falado fizera sentido para si, tanto que ele acreditou. - Não diz isso... E-ele disse que voltaria para mim... Ele não pode ter morrido... Não... Ele não morreu... Ele não é o tipo de pessoa que de uma hora para a outra quebra suas promessas... Eu tenho certeza que ele conseguiu sair a salvo... Eu tenho que procura-lo... – O seu desespero estava bastante aparente em seu rosto. Ele virou rapidamente para sair de lá nem que tivesse que rodar a noite toda, ele resolveu que me encontraria.

- Claro... pode ir! Faça o que for preciso querido... E não se preocupe, não vão te atacar! Eles não querem mais inimigos neste impasse de guerra!

Yohan escutou aquele comentário e torceu a boca liberando suas presas. - Eu não estou preocupado que me ataquem... Por que se eles tentarem, eu rasgarei o corpo deles... - Disse enquanto bufava de raiva saindo do local.

Yohan sabia exatamente como chegar à minha alcateia, e passar pela floresta para ele bastante simples, sua velocidade o tornava praticamente imperceptível. Ele não precisava de transporte à noite, e poderia andar livremente por onde quisesse.

E então seguiu até a casa da família de Dwight, e sequer bateu antes de entrar. – Onde ele está?!

Caput ouviu a porta abrir e a voz lhe questionando. Era a única em casa, e estava mais preocupada se seu ensopado queimaria, então não tirou os olhos dele. – Ora, ora, pensei que não fosse mais aparecer. - Disse soando cínica.

- Diga agora mesmo, onde Dwight está! – Yohan revidou se aproximando da mesma e parou atrás dela, há poucos passos de distancia.

A outra riu daquela pergunta. - Se é alguma piada, não caio nessa! Você deve saber melhor do que eu onde meu filho esta! Ou por acaso o convenceu de nos abandonar?! Vampiros se acham tão superiores que querem passar por cima de nossa tradição! Não vou dar a bênção aos dois se meu filho não terminar o ninho!

Yohan perdeu a paciência e a fez vira-se. - Chega de besteira... Eu não o convenci a fazer nada... Seu filho está desaparecido desde que veio ver vocês ontem... Eu quero saber onde ele está... O que vocês fizeram com ele?

Caput rosna enraivecida, e seu lobo interior se enfurecia com a quantidade de ordens que recebia de um vampiro, cuja percepção era de que estavam todos à seu serviço. - Eu não recebo ordens... Este é o meu reino, e o espero se redimir pelo que falou comigo antes que eu me descontrole e te expulse daqui!

Yohan estava tentando se acalmar, mas era difícil quando sua vontade era arrancar a cabeça de todos esses malditos lobos...

- Eu não vou me redimir! Dwight bebeu uma poção... Alguém deu uma poção pra ele que fez com que se transformasse em humano... Eu tentei pedir ajuda, mas não foi uma boa hora... E ele veio para cá terminar o ninho e ver vocês, mas ele não voltou até agora! Pergunte para os seus... Descubra onde ele está... – Rogou soando como mais ordens, e Caput não gostou nenhum pouco daquele tom.

- Deu... Porção pro meu filho!? – Questiona estreitando o olhar. Ela gostaria bastante de colocar toda a culpa naquele vampirinho e degolar seu pescoço.

- Quer saber? Eu posso procura-lo sozinho... E eu espero que a alcateia que ele tanto ama não tenha o matado, por que se isso acontecer, eu vou me unir aos demônios e farei esse seu reino desaparecer em questão de segundos... – Ameaçou fazendo Caput franzir bastante o cenho e seus olhos se transformarem em olhos de lobo.

Yohan deu as costas para a loba, como se não ligasse para o perigo de fazer isso. E então correu pela floresta. Sua mente refletia o quanto odiava os lobos. *Eu amo Dwight, ele é um lobo, mas ele não é como eles. Ele não é agressivo e irracional desse jeito...*

Enquanto pensava isso, Yohan procurou Dwight por sua própria conta, e decidiu que quando o encontrasse se certificaria de que seu lobinho nunca mais voltaria para a alcateia. O albino correu pela floresta gritando pelo nome de seu amado.

Quando o vampiro orgulhoso correu para longe, Caput ficou bastante furiosa e desgostosa com tamanha falta de respeito, mas em parte estava receosa com a insistência de Yohan nessa estória maluca, parecendo até ser verdade.

Que estória é essa do meu filho tomar porção pra virar humano? Isso tá muito confuso! Mas tenho certeza que fez isso por causa do vampiro idiota! Por que ele nunca foi de renegar sua verdadeira essência antes...

Caput deixou a sopa de lado e foi averiguar com os outros lobos quanto à aparição de um humano noite passada, mas nenhum confirmou a estória.

Yohan seguia gritando meu nome por onde andava e só chegou a encontrar gotas de sangue misturadas ao solo. Ele arregalou os olhos se abaixando para tocar o sangue. O liquido estava seco, e parecia ser antigo, mas sentiu o gosto e percebeu ser de Dwight. - Por que o sangue dele está aqui? – Isso o deixou desesperado, e começou a correr pela floresta gritando meu nome, mas não obteve respostas. Seu lobinho não estava em lugar nenhum. E isso o fez acreditar que o mataram e comeram o corpo dele todo...

Caput viu quando o vampiro encontrou aquele rastro de sangue e depois se desesperou... Ela esperou o outro sair para averiguar o cheiro. E de fato o sangue era humano, o que a preocupava demais. Então voltou pra alcateia. Usou o tempo do almoço em que os lobos estavam todos reunidos na cantina para interrogá-los sobre isso. - Está semana... Vocês por acaso devoraram algum humano? - Tentou se manter calma, mas a falta de resposta a irritava enormemente!

Eles são uns covardes por não assumir!

- MALDIÇÃO! EU MANDEI DIZER! DIGA AGORA! QUEM MATOU O HUMANO! ELE ERA O MEU FILHO, SEUS MALDITOS LOBOS!

De repente Bhogos aproximou-se dela e a abraçou. - Calma... E me conta direito por que acha isso. – Rogou, e a mesma estava prestes a explicar.

- Vocês... VOCÊS O MATARAM...! – Gritei uma voz alta e completamente irracional. Todos encaram o dono daquele bravejo, e Yohan surge na frente da porta. Ele queria que eles desaparecessem. - Eu vou matar todos vocês...

Os lobos já levantaram querendo lutar. Caput foi ate Yohan pra impedir a guerra. - Saia daqui! Estamos em guerra com os demônios, mas não pense que os vampiros querem entrar nisso também. Por que se não, é guerra que vão ter!

Yohan estava desesperado por vingança. Ele virou seu olhar sanguinário para aquela mulher, seus orbes estavam completamente vermelhas e arregaladas demonstrando certa selvageria. - Vocês estão em guerra com os demônios não é mesmo?

- Os demônios são nossos inimigos milenares! – Bhogos respondeu.

De repente a ideia de se casar com aquele Succubus pareceu algo bastante conveniente... Uma oportunidade imperdível para acabar com os malditos lobos. - Eu espero que todos vocês morram nessa guerra... Espero que o sangue de cada um de vocês seja derramado para compensar a pessoa especial que vocês me tiraram... – Praguejou e ao final mostrou suas presas e olhos vermelhos incandescentes de ódio.

Bhogos segurou Caput antes que tentasse alguma coisa, e Yohan saiu do local correndo para longe daquela floresta. Sua face estava triste e chorosa, mas a fúria ainda o consumia e se transformava em desejo de vingança.

Yohan não conseguiu dormir aquele dia, e só se acalmou após quebrar tudo que estava em seu apartamento. *Eu queria ter matado aqueles malditos lobos... Eles tiraram Dwight de mim.* O vampirinho se encolheu no canto do quarto chorando baixo.

No outro dia, Bliker chegou à escola e rapidamente se enturmou. Todos os humanos queriam falar consigo, queriam sua atenção e presença nas conversas. Foi até difícil para si chegar à aula sendo tão popular. - Cheguei! - Avisou e os seus colegas de turma mais populares foram falar consigo sobre a feira cultural... Acontece que aquele demônio estava encabeçando a festa por ser um modelo a ser seguido pros homens da escola. *E eles não estavam errados.*

O Succubus e os outros ficaram discutindo, e Bliker até fez uma apresentação pros alunos entenderem o que eu estava pensando em fazer. Depois disso obviamente recebeu aplausos. Todos o amavam, o adoravam. Eram seus submissos. Seus súditos!

Bliker se sentia poderoso ali. E então foi sentar na cadeira de sempre esperando o seu namorado/noivo chegar.

Yohan chegou pouco depois de o professor começar a aula, e entrou na sala empurrando qualquer um que estivesse em sua frente. Sentou em seu lugar de sempre e fechou a cortina da janela antes que queimasse até a morte.

Bliker presenciou o péssimo humor do seu Yohan quando chegou, e isso o faz pensar que seu plano finalmente tinha dado certo! Contudo o mais novo estava muito mal humorado para cobrar-lhe a saída pra lanchonete. De qualquer forma o demônio estava ocupado organizando o baile. O título seria príncipes e princesas! A era da idade média era a mais querida pelos seres infernais, por que era onde as pessoas morriam com mais frequência e o inferno estava sempre lotado. E quanto mais almas, mais fortes os demônios eram.

Yohan colocou suas pernas sobre a mesa enquanto virava seu olhar para a janela. Ele não estava com cabeça para ouvir ninguém. Ele estava com tanta raiva, tanto ódio e tristeza. - Eles vão morrer... Eu vou mata-los... Arrancar as suas cabeças... Odeio-os... Odeio... Odeio... Odeio... – Murmurou para si fazendo Bliker ouvir e ficar curioso.

John, Izake e Myo chegaram à sala logo depois. Os três pareciam exaustos depois de presenciarem aquela luta insana entre um demônio e uma bruxa. Ao menos conseguiram devolver Clarinha aos pais, mas Myo estava de castigo até as próximas gerações. Agora só poderia sair se fosse pra escola, e usar celular apenas quando a mãe permitisse de novo.

Myo: Sinto muito rapazes, eu não posso sair nunca mais na vida. – Disse segurando a mão dos dois.

Yohan virou o rosto para os recém chegados e seu olhar se direcionou para o feiticeirozinho que causou a morte do meu lobo. Yohan mal conseguia se segurar. Ele bateu a mão sobre a mesa e levantou em um ímpeto de fúria. - Você...! Seu maldito... Você quem provocou isso... Isso é tudo sua culpa... Você o matou...! – Esbravejou enfurecidamente sendo a atenção de todos da sala. O professor parou a aula ao perceber o desentendimento entre os alunos. Além de que, todos sabiam que Yohan era um vampiro, então temiam sua fúria.

Myo estava totalmente confuso e sem ideias do que o outro estava falando. E então parou na entrada da sala, John e Izake se colocaram na frente do menor por puro instinto de proteção.

Yohan percebeu que queria mata-lo e esganar o pescoço fino dele tanto quanto queria fazer o mesmo com os lobos... Não seria nenhum problema para si. - Você vai pagar por isso...

- Eu não sei o que o Myo fez, mas você não vai machuca-lo! – John falou decididamente. E então estico a mão e chamou a água até si. Logo em seguida fez uma bola de água bem firme. - E eu não pretendo facilitar as coisas pra você!

Yohan viu que o Tritão pretendia lutar, mas não era ele quem queria enfrentar. - Ele matou a pessoa que eu mais amei... Saia da frente! – Dito isso pegou a mesa que estava ao seu lado (que por acaso era a de Bliker) e a jogou contra John.

John corto a mesa com uma katana feita de água. - Não sei do que está falando! Myo não é desse jeito! Tenho certeza que houve algum mal entendido! – E então fez um escudo de agua pra proteger os dois daquele vampiro maluco.

Todos na sala se desesperaram e correram para fora a mando do professor.

Yohan iria jogar outra mesa em cima deles e torcer para que esse escudo não durasse para sempre, mas isso não levaria a nada e se mais pessoas aparecessem, iria surtar e acabar matando todos. - Ele não é uma pessoa assim? Então me explica por que ele pediu para o Izake entregar uma poção para o Dwight! Ele disse que aquela poção faria com que ele não se esquecesse de mim! Por isso meu lobinho tomou, mas ele foi transformado em humano! E por causa disso a alcateia dele o comeu vivo... Não deixaram nada... Nem os ossos estavam lá... – Exclamou soando tão triste e furioso que Myo sentiu-se emocionado também e lacrimejou.

Yohan abaixou no chão encostando a cabeça sobre seus joelhos derramando suas lágrimas. - Só queríamos ser felizes... Por que o tirou de mim?

John desfez o escudo ao entender a situação. Voltou-se para Myo e perguntou para ter certeza que isso tinha mesmo acontecido. - Por acaso... Fez alguma porção mágica pro Dwight tomar? Você queria machuca-lo? Machucar o Yohan?

Myo estava chorando demais. - J-John, eu não sei do que ele está falando... Eu não faço poções... Eu mau sei mexer com magia... Eu nunca fiz uma poção na minha vida... Isso deve ser algum mal entendido... - Disse em pânico por que não sabia o que estava acontecendo. *Por que ele está dizendo que eu dei uma poção ao Dwight? Eu nunca faria algo assim...* - Eu juro... Eu nunca iria querer machuca-los...

John ouviu a resposta de Myo e isso o deixava mais aliviado. - Sinto muito, mas Myo não fez nada pra você. E se Izake te deu alguma coisa, deveria perguntar a ele também!

Izake estava prestes a revelar toda a verdade quando Bliker o impediu com sua magia demoníaca de Succubus, e o controlou novamente através de seu desejo sexual por Myo.

- E-eu... Não sei do que ele está falando... E-ele é louco! – Izake mentiu evitando olhar para Yohan e os outros.

- Caramba... Nem o Izake confirma a tua estória, Yohan! Para de zoar a gente... Se teu namorado te largou, aceite isso de uma vez! – John revidou abusando de sua insensibilidade digna de um tritão.

O vampirinho mordeu o lábio inferior enquanto apertava seus dedos sobre os joelhos. *O que ele estava dizendo? Não foi ele quem fez a poção? Então quem foi?* Levantou seu olhar para John enfurecidamente... *Zoar? O que ele quer dizer com isso? Ele está dizendo que eu estou mentindo?*

- Eu pensei que Myo poderia ter feito a poção porque era o único feiticeiro que eu conhecia... Mas... Os humanos ainda tem seus meios de conseguir as coisas, não é!? – Dito isso caminhou até Izake. John deu passagem para o vampirinho e puxou Myo para longe dos dois. Yohan encarou o humano sorrindo pequeno. - Eu sou louco? Você tem certeza? – Interroga. E então o agarrou pelo pescoço e o empurrou contra a parede. - Ok, me diga agora que estou de bom humor...quem foi que pediu para você entregar aquele frasco para Dwight? Eu sei que você não seria esperto o b...

Apesar de John não assumir seus sentimentos por Izake, ele não permitiria que o amigo fosse morto na frente de Myo. Então fez o vampiro solta-lo através da água. John o imobilizou em uma bolha de água e o lançou para o mais longe possível atravessando a janelona da sala.

Yohan voou longe, mas era o único jeito se quisesse ajudar Izake a fugir. - O vampiro está descontrolado! – Disse correndo até Izake. - Você está bem?

Izake estava com marcas no pescoço e se sentindo muito ofegante e machucado. - O macho dele não quis mais ele, e daí ele vem descontar em mim?!

Veio bem a calhar limpar a memoria de Izake sobre tudo que aconteceu... Bliker refletiu com um sorriso no rosto.

A bolha que continha Yohan acabou estourando, e ele caiu no pátio. As queimaduras de sol quase o mataram por isso, e então teve que entrar na escola novamente olhando para baixo.

Ele caminhou até a sala de artes e se fechou lá dentro. Ele sentou em um no canto. *Aquele mentiroso... Ele disse que voltaria... Ele prometeu.* Abraçou os joelhos soluçando baixinho.

Os dias foram passando. Bliker estava tão empolgado para o grande evento que fez os todos os clubes de MidHigh trabalharem em dobro pra tornar sua visão realidade. O clube de teatro criou lindos cenários; os clubes de esportes conseguiram doações para ele; o clube de costura começou a criar as roupas que o Succubus desenhou; as líderes de torcida venderam os ingressos, que praticamente esgotaram no primeiro mês. Tinha uma ótima data para o belo baile e o clube de culinária faria os pratos típicos! *O baile da escola seria o mais perfeito já criado! Tudo graças ao demônio da perdição.*

Apesar do luto, Yohan continuou frequentando a escola, mas estava cada vez mais difícil já que ele sabia que o culpado estava lá, e aquela maldita sardinha enlatada (como gostava de chamar John) estava em seu caminho.

Ultimamente para acabar com seu ódio e não explodir, Yohan vinha seduzindo os outros alunos humanos e tomando até a última gota do sangue deles. Isso resolvia sua raiva, mas não a tristeza.

Hoje ele tomou o sangue de um humano qualquer, e sequer sabia seu nome. E pouco depois voltou para a sala de aula após ouvir o sino, sentou em seu lugar passando a mão na boca para limpar a mancha vermelha que fedia a metal.

Bliker não teve seu primeiro encontro com o vampirinho mal humorado, mas seguia tentando interagir. Sentou no lugar de sempre, ao lado de Yohan e tentou conversar, sem falar que tinha algo muito importante para pedir. - Hey... Como você sabe... O ba-baile já está chegando...

Eu nunca estive tão nervoso assim antes.

- E como já deve ter percebido, eu me dediquei bastante

nisso... E-eu nem tive tempo de falar com você – Riu nervosamente ao final. E então coçou a nuca buscando coragem. - O que acha de ir comigo? A verdade é que eu recusei muitas propostas para ir ao baile, por que estava esperando você me convidar... Mas não tem problema, eu te convido! – Dito isso Bliker lhe deu um ingresso e sorriu para ele.

Yohan virou seu olhar para Bliker. Ele realmente não queria ter nenhum papo com ninguém, mas o succubus era deveras insistente. - Como pode ver... Não tenho nada para festejar... Vá com outra pessoa... Você tem tantos seguidores e fãs... Chame um deles... Eles iriam adorar...

Bliker teve que engolir à seco o seu orgulho naquele momento. - Qual o seu problema? Vai ficar assim pra sempre? Vamos casar um dia! E eu só quero te conhecer e te conquistar antes! Não quero que nada seja forçado entre nós dois! Por que não pode ser eu? O que me falta? Sou bonito! Popular! Você gosta do meu sangue! Sou rico! Sou bom de cama! Sou bom em muitas coisas! Sou tão perfeito que qualquer um adoraria ir ao baile comigo! Por que você, a única pessoa que realmente me importa, não me dá nenhum pouquinho de valor?

Yohan ficou o observando enquanto ouvia suas palavras, a forma que ele se achava lhe dava nos nervos. - Eu não me importo com o quanto você é bonito... Ou popular... Meu namorado... A única pessoa que já amei em séculos, está morta... E você só está tentando dar em cima de mim "me conquistar" sem ligar pra isso... – Dito isso levantou da cadeira estendendo o ingresso de volta para ele. - Me deixe em paz!

Sua forma de rejeita-lo mesmo que Dwight não estivesse mais entre nós estava lhe dando nos nervos. - Você nunca vai supera-lo? Quer tanto assim ser infeliz pra sempre?! Então ótimo! Fica ai! Isole-se! Afaste-se de quem te quer! De quem te quer bem! De quem só queria te animar ou te dar proteção neste momento crítico de guerra! – Dito isso Bliker pegou seu ingresso de volta e tirou suas coisas daquele lugar. *Vou pra outra cadeira, uma bem longe da dele.*

O vampirinho vê sua companhia inconveniente sair de perto e então sentou novamente sobre a cadeira. *Eu não posso ir a uma festa como se tudo estivesse bem... Eu não posso fazer isso quando foi tudo minha culpa... Preciso me alimentar... Estou tão irritado que minha fome está aumentando...*

- Não preciso de ninguém que não seja ele... Ninguém... – Yohan murmurou para si deixando Myo, que assistia tudo de longe, muito preocupado com o mesmo.

Alguns dias depois, apesar de mais alunos aparecerem anêmicos na enfermaria, a grande festa não foi cancelada, já que era a coisa mais importante para Bliker, e consequentemente fez todos pensarem o mesmo.

Izake estava bastante empolgado, comprou varias fantasias de príncipe dias antes, e os provou até se sentir perfeitamente vestido para a ocasião. E agora ele se olhava no espelho admirando seu *cosplay. Agora só preciso de um momento a sós com o Myo. Tenho certeza que ele não fugiria de mim!*

Myo estava se preparando para o baile, mas não estava gostando em nada disso. E sequer entendia por que os outros estavam tão animados. A magia do Succubus não recaia sobre si, então ele reagia normalmente ao evento. E estava preocupado demais com Yohan para se animar para qualquer coisa.

Enquanto isso John arrumou o cabelo, cobriu as tatuagens com maquiagem e tirou os piercings. E para o grande evento ele contratou uma pessoa pra costurar a roupa do príncipe dos sonhos de Myo. - É isso... Eu estou à cara dele! - Disse pensando na surpresa que Myo teria em vê-lo assim...

Qual será a reação dele? Mal posso esperar! Ele vai pirar por me ver assim.

Izake o esperava na saída do iate. E então foi o primeiro a encontrar John naquela fantasia lembrando-se do sonho erótico que dividiu com Myo. – Caramba... Você está muito parecido com ele... Apesar de que, ele certamente aceitaria um relacionamento a três.

- Eu e você não vamos namorar um com o outro por que eu já estou namorando alguém. Aceite isso de uma vez. – John retrucou parecendo perder a paciência mais rápido que as outras vezes que já discutiu com Izake.

Apesar da impaciência de sua única companhia, Izake quis prolongar aquela discursão. - Quanto mais, melhor, sabia? – Dito isso tirou do bolso um cantil que continha vodka e a tomou.

- Quanto mais, mais trabalho! Isso sim!

Izake: Eu não dou trabalho algum. – Revidou tomando mais um pouco da sua bebida.

John torceu a boca odiando ter aquela conversa. *Por que o Myo está demorando tanto pra chegar?! Um pouco mais, e eu mato o Izake!*

Izake: Eu conheci o príncipe... E ele aceitou fazer sexo a três.

- Você fala coisa com coisa! – Comentou percebendo que o amigo estava bebendo demais. – É melhor parar ou vai acabar ficando embriagado.

Izake: Por acaso está preocupado comigo? – Retrucou abusando do cinismo.

- Eu... – John quis responder, mas era complicado para si admitir sentimentos por alguém. – Tem razão, eu não deveria ligar pra você.

Izake: Então por que não deixou o Yohan me matar aquele dia? Por que se intrometeu?!

John ficou em silencio pensando sobre isso, mas não quis responder sua pergunta.

Izake bufou um riso e revirou os olhos.

Myo chegou ao porto vendo John e Izake conversando perto do Iate. Desceu do carro, recebendo uma advertência da mãe quanto ao horário que deveria voltar para casa. – Meia noite, quero você em casa! – Mandou com um olhar intimidador.

Myo já estava acostumado com sua mãe controladora, logo concordou. Posteriormente seguiu em direção aos garotos. O menor estava com um lindo quimono masculino, e duas espadas na cintura.

Então o feiticeiro depara-se com os dois namorados perfeitamente trajados, e em especial percebeu que John parecia o príncipe de seus sonhos, e isso o fez corar bastante. E então abaixou a cabeça envergonhadamente. - Oi... Ah... Vocês dois... Hehehe... Vocês estão tão bonitos... John você parece um príncipe que sonhei uma vez... - Riu baixinho e timidamente fazendo os dois namorados corarem.

- Você está lindo! – Izake elogiou o menor, e John estreitou o olhar desconfiando de tamanhos elogios. Ele sabia que tudo que o outro fazia tinha segundas intenções.

- Ele sempre está lindo! Não precisava dizer o obvio! – John repeliu soando ríspido demais, como se estivesse pedindo por uma discussão.

Contudo Myo não tinha mais paciência sobrando para isso. E segurou os dois pela gravata. – Eu estou passando pelo inferno lá em casa! Então hoje eu só quero me divertir um pouco! Sendo assim, parem de brigar! Deem um tempo hoje! Ok?! – Ordenou soando tão autoritário quanto sua mãe poderia ser.

John concordou primeiro parecendo estar totalmente intimidado pelo namorado. E Izake olhou pro lado evitando os olhos do menor, mas assentiu para suas ordens.

- Ótimo! – Disse soltando os dois. – Agora vamos! – Mandou já seguindo em direção à escola.

John e Izake seguem-no, ambos muito envergonhados por

deixarem-se ser intimidados por um rapaz mais baixo e desprovido de músculos que eles.

Estavam todos animados para a grande festa cultural. Cada sala ficou responsável por um país, e Myo representou divinamente o Japão, com seu belo cabelo preto escorrido, e olhos levemente puxados. John, sendo tão elegante, destacou-se em seus trajes de príncipe inglês. E Izake competia em charme, tanto que deixou o demônio da sedução se mordendo de inveja.

- Eu deveria ser a única estrela a brilhar neste lugar! – Reclamou ao perceber que as atenções estavam sobre John e Izake.

Contudo, o que aquele Succubus não sabia era que aqueles dois não seriam os únicos a estragarem a sua festa. Hecate guardava um segredo, dentre tantos mistérios que escondia de todos. Ela tinha um quarto secreto em sua casa magica, que sequer Myo sabia. E subindo algumas escadas até chegar praticamente a dez andares acima do subsolo, em uma torre alta com uma ótima visão para a lua.

Hecate havia deixado meu corpo escondido sob sua vigilância. Todos os dias ela tentava me chamar, mas eu não me sentia apito a levantar... Eu estava sob dormência.

O meu lobo não queria sair das sombras... Eu o via. Ele via a mim... Éramos a mesma coisa, e ás vezes, coisas diferentes, sem forma... Nossa forma queria voltar a ser uma... Eu o queria, mas ele... Ele tinha um olhar misterioso, difícil de decifrar... E mesmo que não parecesse mais me querer, eu o amava... E eu não queria levantar sem ele... Eu não suportaria levantar sem sua ajuda.

Hecate cantava alguns mantras ancestrais enquanto passava óleos essenciais em meu corpo. Eles fediam a verbena. - Não precisa abandonar quem é... Vocês são um só. – A ouço dizer no fundo de meu inconsciente.

Meu lobo não parecia concordar com isso. Ele sabia que o tinha matado antes, e por isso me odiava. Ele não queria mais falar comigo.

As feridas de mordidas em cada canto de meu corpo ardiam sempre que meu lobo encarava-me com seu olhar julgador.

- Eu fiz por amor... – Expliquei a ele. E então o lobo e eu nos lembramos de Yohan. E isso pareceu fazer meu lobo reconsiderar.

Acordei de um sonho longo... Abro os olhos e me sinto sedento. Olho em volta e me vejo com uma injeção no braço. Estava sendo alimentado por soro, *como se isso fosse o suficiente pra mim!*

Por mais que estivesse cansado, a força da fome me envolvia. Olho para o lado e vejo a lua cheia pela janela. Era a primeira lua cheia do mês. Ela me envolvia e me tornava um sanguinário forte e cheio de energia.

Sento na cama e vejo algumas mordidas e cicatrizes de garras em meus braços e uma sensação estranha tomava conta de mim... *Eu era humano antes... O que sou agora?!*

- O QUE EU SOU?! - Começo a urrar em desespero... Eu não sentia que era totalmente humano... Eu também não me sentia totalmente lobo...

Eu tentei virar lobo, mas a mudança não cobriu totalmente o meu corpo. Eu parecia um hibrido entre humano e lobo, eu era um lobisomem agora. Uma criatura profana, que ofende a natureza. – NÃAAAO! – Vociferei alto a plenos pulmões.

Pulo pela janela. Queria liberdade, embora a altitude de dez andares de queda pudessem me machucar.

A queda não doerá mais que minhas cicatrizes.

Corro pela floresta comendo alguns animais que eu encontrava.

As nuvens cobrem a lua e então eu volto a minha forma humana. Eu estava sob as ordens da lua. Totalmente nu e sujo de sangue dos animais que já comi.

A lua controla minha forma agora...? O que isso significa afinal? O que eu sou?

- O que... Eu sou...?

Hecate surge dentre as árvores como se estivesse me observando até agora. - Você é um lobisomem. - Respondeu-me e isso me faz ficar chocado. - Não é totalmente lobo, mas também não é apenas humano... E a Lua controla a sua forma... Você não tem mais controle como antes...

- Por que...? - Pergunto baixinho e com a voz intensa.

Hecate: Por que eu te salvei... Por que sua raça não soube controlar a fome... Por que você foi mordido por um lobo e sobreviveu... Só espero que isso não vire uma dor de cabeça pra mim. – Explicou-me.

Encaro minhas mãos sujas de sangue e minhas garras. - Não virará... Obrigado. - Fico de joelhos a agradecendo por me ajudar e então ela sorrir. - Irei servi-la... Daqui pra frente.

Hecate: Isso é muito bom... Mas... Acho que tem um baile para comparecer... Certo? - Disse cobrindo-me com um cobertor. - Tente não matar ninguém...

Assenti e a lua volta a aparecer. Viro um lobo de novo e olho uma última vez para Hecate para agradecer e depois disso sigo o meu rumo.

Enquanto isso Bliker tinha se condecorado com o título de rei do baile. Então já estava usando a coroa de rei. Agora só restava sua rainha aparecer...

Para a sua surpresa quem aparecerá em sua frente foi seu pai, ele viera avisar que seu noivo e ele casariam hoje. Bliker ficou pasmo com tamanha falta de consideração por seus esforços pra tornar o baile real. - Pai! Não te entendo...! Eu fiz de tudo pelo baile! Eu quero ir!

- Então poderia fazer o casamento no baile, o que acha?

- Faremos isso então! Eu tenho um baile pra ir, e estão todos me esperando!

Bliker saiu dali e seu pai passou a organizar as coisas pro casamento no festival. Só precisariam de um padre satanista. Nada demais...

O demônio foi buscar seu noivo de limusine. E então encontrou Yohan na ida, ele parecia estar prestes a sugar o sangue de um casal no parte. Contudo Bliker acabou com seus planos ao aparecer na sua frente. Ele desceu da limusine para pegar o menor e entramos juntos no carro. - Ooooi! Ficou sabendo? Vamos casar hoje!

Yohan virou seu olhar para Bliker, mas então desviou o olhar. - O que você disse? - Disse após ouvir o que ele havia dito... Ele não acreditava nisso. Ninguém o avisou e seu pai não disse nada disso. - Isso... Isso não vai acontecer... Ninguém me avisou sobre isso... Meu pai disse que eu ainda tinha tempo... Que eu não precisava me casar agora...

Aquele succubus bufou em desagrado. - Olha só... Eu até curtia pra caralho você no início, mas agora pra mim, você é um saco! E eu não pretendo te comer. Eu vou te trair com geral! - Disse aquilo só pra magoa-lo, mas Yohan não parecia ter se importado. E então o mais alto puxou o vampirinho para seu carro à força e o fez entrar. Ele estralou os dedos e fez Yohan aparecer vestido uma fantasia de um aristocrata russo.

- Que porra...! – O menor praguejou encarando seu sequestrador e vendo que o mesmo havia se fantasiado de um Faraó. – Ficou ridículo em você! – Ofendeu-o apenas por estar furioso consigo.

O motorista voltou a dirigir e em pouco tempo os dois chegam à escola. Bliker foi recebido aos aplausos por estar fantástico naquela roupa de rei do Egito. O demônio seguiu andando até o seu altar recebendo palavras de carinho e elogios pelo lindo baile que havia idealizado. Subiu em seu trono e então permitiu que a banda começasse a tocar a música tema do mundo medieval.

Todos me amam. Sou o rei deste lugar.

Em meio aos fãs e ovações, Yohan foi completamente esquecido no carro por seu apreensor. Ele não esperava menos, pois sabia que não era amado por ele. E embora casassem, não pretendia dormir com o mesmo. Entretanto, já que estava vestido, resolveu descer do carro e beber um pouco de sangue.

Yohan depara-se com o circo formado. Sequer parecia uma feira cultural. Ele viu uma cadeira ao lado do rei, que pertencia à sua rainha. E todas as garotas passam a dançar sensualizando pra Bliker... Até os garotos sensualizavam pra si. Todos queriam ser a rainha.

O vampirinho encostou a cabeça na parede enquanto olhava aquele espetáculo. Inevitavelmente riu baixinho percebendo que tudo aquilo era patético. *Ele precisa usar magia para que as pessoas gostem dele. Ele nem mesmo consegue sentir algum valor nele sem pessoas para elogiarem-no o tempo todo.*

- Patético...

Durante o festival, eu estava andando pelos telhados das casas por saber que as pessoas se assustariam se me vissem. A lua cheia estava linda no céu, e me forçava a obedece-la.

Fui até a escola seguindo o meu olfato apurado. Estava farejando o meu vampirinho.

O baile estava indo de vento em polpa... E Bliker estava se divertindo bastante com seus súditos o servindo lanchinhos. No entanto seu pai apareceu entre a multidão e fez uma cara de bravo. E o Succubus acreditou que ele queria ouvir o anúncio do casamento logo.

Então o faraó levantou de seu trono, fez a música, e chamou o Yohan para o palco para os unirem em matrimonio.

O vampirinho já sabia do que se tratava todo aquele show,

e como nada o impediria de aceitar, caminha até o palco e sobe as escadas.

- Para a sua informação... Eu também não estou nem um pouco a fim de transar com você... Então eu fiquei feliz de mais quando você disse que não queria dormir comigo... – Sussurrou baixinho enquanto esperava o padre para casa-los.

Bliker riu daquele comentário, e então pôs a mão atrás da nuca de Yohan o forçando a aproximar de si. – Se você não quer... Há outros que queiram, - Declarou soando como deboche. E só então o largou.

Ao sentir aquele aperto na nuca Yohan percebeu um leve incomodo, e subiu a mão para seu pescoço e então parou ao perceber que a mordida de Dwight ainda estava ali. *O que é isso? A marca ainda está aqui...*

O padre satanista começou a cerimônia. E então perguntou se Bliker aceitava Yohan como seu esposo... O demônio revirou os olhos, mas aceitou. Agora era a vez de o vampiro responder.

Eu alcanço os portões da escola, mas vejo que estava acontecendo um baile ali. Então tive que roubar uma roupa. Considerando minha forma de lobo, acabei fazendo um cara desmaiar. E então aproveitei e roubei a roupa dele.

A lua foi escondida novamente pelas nuvens. Eu me vesti bem rápido aproveitando o tempo para isso.

Depois disso entrei no evento. No bolso da calça que roubei, tinha ingressos pra entrar. Sendo assim eu pude entrar no lugar. E então me deparo com um pesadelo. O meu amado Yohan estava se casando com o Bliker.

Por que...?! Ele... Ele me esqueceu? Então eu sou substituível pra ele?

Saio do baile.

Yohan ainda estava em completo choque por que se lembrou de que a marca sumiria se o lobo causador dela morresse. Logo se a marca ainda estava lá, significava que... *Então ele estava vivo? A marca ainda estava aqui... Então ele não morreu...*

- E-eu... Eu preciso ir...

Yohan precisava averiguar isso. *Meu pai que me perdoe... Mas eu não posso e não vou perder meu tempo me casando com esse demônio.* O albino desceu do palco e correu para fora. Em meio aquela empolgação ele sentiu a marca ficar ainda mais quente. *O que significa isso? Ele está aqui?*

- Dwight...! – Clamou por mim olhando ao redor.

Fico sentado na calçada do lado de fora pensando em como seria a minha vida agora...

Mas eu pus a marca nele... Isso significa que terei que lutar até a morte com Bliker para proteger a minha honra!

Eu levanto da calçada movido à tristeza e vontade de deixar de viver... A lua trouxe a magia à tona e eu viro lobo outra vez. Corro pra dentro da escola assustando vários humanos por onde passava. A minha fúria me cegava para a fome da carne humana. Naquele momento eu só tinha um sentido em minha vida, que era aquela luta.

Quando subi ao palco, Bliker já estava sozinho...

Ele vira-se e depara-se comigo ali... Isso o chocou bastante... Mas pra mim, que dormiu esse tempo todo, era como se não o visse desde ontem.

Bliker: Ora, ora... Você é duro na queda, não é...?

Rosnei pra ele.

Bliker: Já entendi... Quer lutar?... Deve ser uma daquelas tradições estupidas, não é? Você quer lutar ate a morte por Yohan...

Concordei o fazendo rir.

Bliker: Ok! Façamos isto apenas pra divertir os meus súditos! ADMIREM, SÚDITOS! COMO EU DERROTAREI ESTA FERA HORRENDA! - Disse alto a ultima parte atraindo a atenção das pessoas aterrorizadas comigo ali.

Bliker puxou seu cajado em formato de serpente que fazia parte de sua fantasia. E então o mirou na minha direção.

Eu pus minhas garras pra fora e então passamos a lutar.

Enquanto isso Yohan ainda procurava por mim. *Onde ele estava? Eu conseguia senti-lo...*

Mordeu seu lábio se preparando para ir embora, mas então ouviu uma comoção dentro da escola e gritos de pessoas que pareciam assustadas. O vampirinho corri para dentro da escola novamente e se deparou com Bliker lutando com... *O que é aquilo? Parecia um lobo... Mas esta andando em duas patas...*

- Dwight? – Murmurou e a marca ficou mais quente. Estava o queimando tanto quanto o sol faria. Yohan se abaixou no chão soltando um gemido baixo. *O que é isso? Por que essa marca esta tão descontrolada? Eu já encontrei Dwight... O que mais ela quer me dizer...?* Pensou enquanto se levantava do chão.

Ele precisava parar aquela briga. Então se aproximou daquele lobisomem e puxou o braço peludo dele. - Pare... Pare com isso... Eu não vou me casar com ele... Você não precisa lutar para me ter de volta... Eu sou seu...

Ouço o que Yohan falou, mas defender minha honra estava acima de tudo.

Então me afastei do meu vampirinho e voltei minha atenção para Bliker... Eu só queria saber de lutar e vencer... Nada mais importava!

Naquele dia eu lutei contra Bliker, mas ele não usou sua força pra valer. Ele caçoava de mim, e por causa disso me senti muito ofendido e desmerecedor do amor de Yohan.

Bliker: Vá embora, lobinho fraco! Você foi uma perca de meu tempo!

Estava muito chocado com nossa diferença de poder.

Bliker: Se voltar te mato que nem barata!

Voltei pra alcateia com minha honra ferida e com alguns machucados também, só que nada muito fatal.

Meus pais me acolheram de volta. Eles pensaram que eu tivesse morrido também. Eu expliquei a situação, mas eles perceberam que eu não estava feliz por estar vivo. Assim eles entenderam que tinha acontecido alguma coisa e vieram perguntar.

Mãe: mas aconteceu alguma coisa...?

- Não posso mais... Voltar pro Yohan... Eu... Eu o desonrei!

Ela fica bem chocada com isso e meu pai estava totalmente decepcionado comigo. Eles preferiam que eu tivesse morrido que desonrado nossa família.

Fico largado num canto me sentindo um lixo...

Minha mãe quis me alegrar um pouco e então me trouxe um galho.

Mãe: Eu conheci o seu namorado e... Ele não entende nossos costumes, então... Tenho certeza que não vai deixa-lo por causa de bobagens como Honra...

- Acha mesmo mamãe?

Mãe: Deve começar a construir seu ninho! Tenho certeza que Yohan aparecerá!

Ela me dá o galho e eu fico pensativo sobre isso...

Comi um coelho pra me dar forças e então passei a construir meu ninho! Não parei desde então! Faça dia, sol, chuva ou tempestade! Eu só parava as vezes que desmaiava de cansaço, mas assim que acordava, eu voltava a construir meu ninho!

Finalizado tudo, eu passei a pintar de roxo... E por alguns tapetes no chão com travesseiros e almofadas, e um cobertor bem reforçado.

E então... Quando finalmente tudo ficou pronto, já era o dia de acasalar... Todos os casais já estavam fazendo isso... Menos eu.

Eu estava sozinho no ninho, abraçando minhas pernas e com o rosto nos meus joelhos... *Eu queria que ele visse meu ninho... Eu trabalhei demais nisso... Mas ele não vai aparecer por que não mereço a marca que lhe dei! Eu sinto que ele nunca virá!*

Yohan realmente não queria me ver. Ele pensou que o abraçaria para que apagasse todos os pensamentos horríveis que ele tive, mas não... Eu apenas estava pensando em mim mesmo e nessa maldita honra... Ele achava que não me importava com ele...

O albino estava sobre sua cama abraçando seus joelhos. *Eu realmente esperava que ele fosse ficar feliz em me ver depois de tanto tempo... Mas ele simplesmente me ignorou... Ignorou toda a minha existência e lutou... Ele só se importa com isso. O tempo do cio dele provavelmente chegou... Será que ele esta me esperando?* Yohan se encolheu sobre a cama deixando as lágrimas caírem... *Eu odeio isso.*

Em minha aldeia, o inverno estava realmente deixando tudo muito frio, mas eu seguia esperando por meu parceiro na entrada do meu ninho. Eu via que as lobas solteiras queriam entrar no meu ninho.

Eu olho pra elas... Meu lobo interior estava cheio de tesão...

- Por favor, vão embora! Yohan vai aparecer a qualquer momento! - Peço, mas elas não desistem de mim. Ficam exibindo a nuca pra mim pedindo por minha marca...

Yohan passou a mão sobre sua nuca aonde marquei. Ele estava embaixo de cobertores grossos, mas sentia tanto frio que parecia estar enrolado em uma manta de gelo. Ele sabia o que tinha que fazer, a marca lhe dizia como se aquecer, e quem poderia esquentar seu corpo.

O menor não aguentou mais aquela sensação e levantou. Ele colocou um casaco com capuz e saiu de casa. Era dia, mas o céu estava nublado eminenciando uma tempestade próxima. E as nuvens cobriam o sol. Yohan foi andando velozmente para onde era a alcateia dele... O caminho todo ele pensava em dar meia volta, mas ele realmente precisava saber o que aconteceu... O que se passava na cabeça dele.

Quando chegou aonde achou que eu pudesse estar. Ele me vê todas aquelas lobas cercando o nosso ninho... *Elas estão querendo rouba-lo de mim? Quem elas acham que são?* Pensou isto enraivecidamente e então tomou coragem e caminhou até o local. E empurrou as mesmas fortemente. - O que é isso? Além de não ficar feliz em me ver quer me trair também? É isso?

Estava no ninho esse tempo todo... De repente o Yohan aparece e eu fico bem surpreso e feliz com isso, mas ouvindo suas indagações, torno-me transtornado. - Do que está falando?! Não estava te traindo... Como poderia? Você está com a minha marca!

As lobas foram embora por meu marcado aparecer... Agora eu e Yohan estávamos sozinhos...

- Eu perdi... Eu não sou mais forte que o Bliker... Eu... Perdi você pra ele... Pela tradição, você deve deixar de me amar... Pra marca poder sumir.

O albino pareceu incrédulo com minhas palavras. - Eu te disse que não me casaria com ele... Se você tivesse prestado atenção em mim ao invés de querer brigar pra conseguir "honra", iria saber sobre isso...

Olhei para baixo ao perceber que errei ao priorizar a honra.

- Quando você vai se tocar e perceber que eu não dou a mínima para isso? Eu achei que você tinha morrido... Eu achei que tinha me deixado sozinho... Daí quando volta tudo que você pensa é em conseguir sua honra de volta? Você não olhou para mim... Você não me abraçou... Você muito menos dirig...

Eu me aproximei dele antes que pudesse terminar. - Com você... Eu vou esquecer-me da tradição... Vou apenas ignorar minha honra e a falta de força... Se ainda me quiser... Eu te convido pro ninho que eu fiz pra nós dois acasalarmos... Eu quero obedecer à tradição só desta vez por que o ninho representa amor... É a tradição mais pura e boa que conheço...

E então o alfa da alcateia, meu pai, solta um uivado intenso declarando a abertura do inverno de acasalamento.

Agora todos os casais podiam acasalar.

- A tradição diz que devo acasalar na minha forma verdadeira... Mas não sou apenas um lobo... Agora sou humano também.

Nesse momento eu me transformei em metade lobo. Eu tinha orelhas de lobo, meu cabelo ficou maior, tinha garras e pelugem sob as mãos e uma calda de lobo... Sem falar de presas. Fico até mais alto.

- Isso se você ainda quiser... - Seguro suas mãos.

Yohan ficou surpreso ao ver de perto minha transformação, e seus olhos brilharam declarando sem precisar de palavras, o quanto lhe agradava minha nova forma. - Eu quero você... Eu quero muito você... – Dito isso se esticou todo ficando na ponta dos pés para poder selar nossos lábios. - Vamos para o ninho... Eu quero... Ter esse momento com você... Estava esperando isso por muito tempo...

Fico bastante aliviado quando ele me aceitou de volta, por mais estúpido que eu fui com ele. Contudo, por mais obcecado que fosse com as tradições, eu o amava demais.

Ele me guiou para entrarmos no ninho.

Fomos para o tapete lotado de travesseiros e almofadas... Estava bastante confortável ali.

Sento do seu lado e passei a lamber seu pescoço. Lambo

sua orelha. Fico cochichando coisas pervertidas para deixa-lo no clima. - Seu cheiro me dá tanto tesão... Fico até com fome, mas relaxa, não vou te comer.

- é mesmo? Eu te deixo com fome? Que tal eu acabar com sua fome de outra forma? – Dito isso subiu em meu colo e abraçou meu pescoço.

Seguimos nos beijando sem dar espaço para recuperar o folego. Ele desceu seus beijos para meu pescoço raspando meus dentes no mesmo. - Eu sinto tanto tesão com seu cheiro... Seus toques... Seus lábios... – Sussurrou em meu pescoço fazendo-me tremer com seu hálito quente.

- Sente é...? - O conduzi a deitar e eu fico sobre ele, beijando-o intensamente. - Sabia que eu vou te dar muito trabalho né? - Lambi sua boquinha iniciando um beijo lento. Eu finalmente lembrei como se beija.

- Vai me dar trabalho, é!? É assim que eu gosto... Me dê trabalho... - Riu baixinho enquanto sentia meu beijo. Apertou seus dedos em minhas costas enquanto me beijava e então levantou uma de suas pernas enquanto colocava as mãos sobre sua blusa a retirando.

Yohan começou a tirar a própria blusa. Eu fiquei contemplando sua performance. Ele era muito sensual tirando a blusa... Eu fico contagiado por isso e bastante excitado.

Depois que ele tirou a blusa, eu tiro a minha exibindo as cicatrizes de sobrevivência em meu peitoral. Tinham mordidas e azunhadas, cortes por todo lado... Eu provavelmente estava feio por isso.

- Uau... Quantas cicatrizes... Eu acho isso extremamente sexy, mas como aconteceu?

- Eu não te falei, não foi...? A senhora Hecate me salvou... Ela é uma feiticeira muito poderosa. Eu teria morrido devorado, mas ela conseguiu me fazer voltar à vida. - Puxei sua mão para o meu rosto e então a beijei. - E quando eu acordei, fui correndo pra ver você... Desculpe-me por não ter falado nada... Quando o vi com Bliker, eu só queria te ter de volta, e pensei que lutando com Bliker, eu conseguiria isso... Eu queria ser mais forte que ele, pra te merecer mais que ele... Mas eu não consegui isso... A única coisa que consegui foi vergonha de te encarar novamente e... Desonrei minha família... Sujei o nome de meu pai, e ele nunca me perdoará por isso... - Fico tristonho só por pensar.

Percebo que ele ficou impressionado com minha estória. - Olha... Eu sei que a tradição é uma coisa importante para você... E para sua família... Mas... Mesmo que seu pai se sinta envergonhado... E ache que você o desonrou... Eu não acho isso... Eu não sinto vergonha de você... Eu me sinto feliz por ter você de volta, por saber que está vivo e bem, e que finalmente poder estar em seus braços... – Retrucou deixando-me aliviado por saber que minha mãe estava certa sobre ele.

- Minha mãe quem me deu forças pra continuar o ninho... Ela disse o quanto você é especial e o quanto me amava. E isso me incentivou a não desistir se viver. - Olho pra ele no final. - E então você apareceu... E eu fiquei muito feliz!

Depois que revelei isso, Yohan ficou pensativo percebendo que quem me encorajou a continuar fora minha mãe, a mesma mulher com quem brigou e ameaçou de morte... *Por que ela disse isso a ele? Eu estava pensando que ela iria me odiar e me desprezar depois daquilo.*

- Sua mãe é um enigma, mas... Ela esta certa. Eu não iria conseguir ficar longe de você... Eu nunca mais quero fazer isso... – Dito isso beijou meus lábios devagar enquanto abraçava minhas costas. Sinto-o passar seus dedos por minhas cicatrizes sentindo cada uma delas. Sorri com esse ato e então separei o beijo.

- Essas cicatrizes te deixaram tão sexy...

Sorrio ao ouvir seu comentário e rio timidamente. - Eu não sabia que isso te excitava assim.

Ele deve estar ovulando!

O pus de costas, estilo cachorrinho. - É assim que eu já vi fazerem por aqui... - Engoli a seco ficando um pouco nervoso com isso. - Só preciso... - Tiro meu membro da calça e agora eu poderia fazer o que fazem...

Desço a sua calça...

Tento colocar em seu bumbum, mas não estava entrando.

Deve estar faltando alguma coisa...

- Acho que você ainda não tá ovulando...

- D-Dwight... C-calma... Esqueceu? Eu não sou uma loba... Eu não tenho ovulação... Terá que me lubrificar com sua saliva... - Disse enquanto deixava beijos rápidos em meus lábios. - Não precisamos ir com pressa... Fique calmo, ok!?

- Certo, desculpa...! - Beijo sua boquinha novamente.

Não sei fazer isso...

Seguro nossos paus juntos e passo a nos massagear. Iria nos fazer atingir o prazer sem precisar penetra-lo.

- Ah... P-posso tentar uma coisa? Acho que vai nos ajudar

Engulo a seco. - Tentar...? Tentar o que? - Fico bem corado pensando no que ele iria fazer... Aliás, eu só pensava perversões desde que o conheci, e agora não conseguia realizar nenhuma de minhas fantasias mais intensas.

- Eu deveria estar cuidando de você como uma fêmea, mas você não é uma e eu nunca vi lobo fazer com outro.

- Confia em mim... Se você não gostar... Pode me parar... - Disse enquanto me empurrava sobre os travesseiros. Então se baixou até meu membro. - Calma... Eu sei que é a primeira vez de nós dois... Vamos arrumar uma forma de fazer do melhor jeito... E ainda temos muito tempo... – Dito isso segurou meu pênis e aproximou seus lábios passando a lamber devagar. - Não precisa se segurar, hoje vamos fazer todos os nossos desejos mais pervertidos serem realidade...

De repente Yohan abocanhou o meu membro e eu fico bem surpreso com isso. Yohan era mesmo muito bom nesse assunto. - Assim é muito bom... - Disse acariciando o seu cabelo. E então acabei gemendo sendo bastante vulgar e escandaloso... Puxa vida, eu estava muito escandaloso recebendo aquelas chupadas.

Yohan continuou o boquete enquanto subia suas mãos por meu pelo macio. - É bom? Acho que agora... Podemos finalmente ir pra melhor parte... - Disse enquanto me retirava de sua boca. Passou a língua por meu membro novamente e então me deitou sobre os travesseiros. - Tenta agora... Eu acho que agora vai entrar...

E então o pus de costas pra mim na posição de cachorrinho. Eu posiciono o membro em seu bumbum e o penetro mais facilmente... Seguro seu pau passando a massagear enquanto estocava aos pouquinhos.

Yohan apertou seus dedos sobre os travesseiros e panos sentindo seu interior ser preenchido, a sensação era tão gostosa para si que inevitavelmente gemeu em agrado. - A-aah... D-Dwight... – Ele se esticou para trás e meu beijou sobre seu ombro.

Eu estava entrando no clima e então o nó se formou... Eu tive que parar de estocar e ficar paradinho esperando ele passar.

Estava sem poder sair de seu bumbum. Apenas nos cubro por enquanto. - Eu não sei por que o nó se formou... Acho que meu corpo não sabe que você não tem útero...

- Vai ver seu corpo não está acostumado a transar com um homem ainda... – Ouço-o comentar baixinho gemendo de desconforto.

Enquanto esperávamos o nó, ficamos deitados, nos beijando sob seu ombro. - Quanto tempo demora?

- Não muito... Eu estou te machucando? - Beijo seu pescoçinho e passo a mão em seu pênis, passando a massagear ali.

Yohan fechou seus olhos enquanto aproveitava a punheta. - Não... Eu só quero sentir você se movendo mais rápido...

- Eu vou fazer isso assim que o nó passar... vou estocar bem rápido...! – Prometi chupando seu pescoço forte aonde depositei a marca.

- Vai mesmo? Ah... Está bem, então eu vou esperar... Vou gemer bem manhoso pra você...

Sorrio e então sinto o nó desfazer e eu me derreto em seu bumbum. - Ahhh~ - Gemia com bastante vontade e então o abracei. - Isso foi... bom demais!

O albino inclinou a cabeça para trás enquanto sentia seu interior ser preenchido. Era tão gostoso para si que queria continuar. - consegue continuar?

Assenti e então volto a estocar de ladinho. Seguro sua perna a levantando um pouquinho pra ajudar nas estocadas. Enquanto isso beijava seu pescoçinho macio.

- I-isso... – Disse olhando de canto para mim com seus olhos entreabertos juntamente com meus lábios soltando gemidos altos. Abaixei minha mão e comecei a masturbar meu membro na medida em que eu estocava.

Novamente o laço se forma e eu ancoro em seu interior...

Isso já está virando um saco...!

Fico paradinho até passar. - Que droga...! Tem que formar o nó todas às vezes? Isso é um saco! - Beijo seu ombro enquanto massageava sua intimidade.

- Ah... Será que o seu corpo realmente acha que eu sou uma fêmea?

Dessa vez não demorei muito, e me desmanchei novamente em seu interior. O nó foi desfeito e agora eu estava fazendo Yohan chegar ao ápice. - Somos dois homens, mas conseguimos fazer amor! Conseguimos... Nosso amor é tão válido agora quanto de dois amantes, homem e mulher. - Falava estando verdadeiramente feliz ali.

- Sim... Eu sei... E isso me deixa tão feliz... Poder fazer amor com você... E poder expressar isso... E ser retribuído é muito bom... Eu te amo!